KB037048

길심 씨의 인생 여행

길심 씨의 인생 여행

전난희 지음

너무 늦지 않은 때에 엄마에게로 떠난 여행

메종인디아

내 인생 여정에서 가장 힘든 시기를 지나고 있을 때였다. 지나고 보니 별일 아니었지만 그땐 그랬다. 눈앞이 캄캄하여 아무것도 눈에 들어오지 않던 때에 나는 동생이 운영하는 책방의 책방지기가 되었다. 책방에서 책을 팔고, 커피를 내리고, 홍차를 우리고, 짜이를 끓였다. 일한 지 얼마 지나지 않아 책방에서 진행하는 글쓰기 수업을 들으며 글을 쓰기 시작했다. 늘 자신감이 부족한 내게 용기를 주며 글을 쓰라고 등 떠밀어 준 동생을 믿어 보기로 한 것이다. 나의 열망보다 동생의 안목을 믿었다고 하는 편이 맞을 것이다. 마치 예정된 시간을 돌고 돌아 마땅히 해야 할 일을 찾은 듯했다.

글을 쓰는 시간은 어릴 적 고향에 두고 온 나를 찾아가는 시간이었다. 유년 시절을 소환하고, 아버지 어머니를 새로이 만나는 시간이기도 했다. 기억하고 싶지 않던 일도 떠올랐고, 아련히 혼자서 웃음이 나오는 일도 생각났다. 글을 쓰면 쓸수

록 이상하게도 나의 어머니, 길심 씨의 이야기가 자꾸만 풀어
져 나왔다. 인생 이야기, 음식 이야기가 그것이다. 일찍 허리
가 굽어버린 길심 씨의 인생을 생각하면 가슴이 먹먹했고, 그
럼에도 철인 같은 어머니를 떠올리면 저절로 힘이 났다.

　길심 씨의 인생을 좇아 여행하면서 언제든 갈 수 있는 고
향, 시골집이 있다는 사실이 축복처럼 느껴졌다. 더 늦기 전
에, 부모님이 건강하실 때 다시 두 분 품 안의 자식이 되어 밥
도 지어드리고, 말벗도 해 드리고 싶었다. 그래서 짧지만 여
름, 가을 두 번 20여 일씩 시골집에서 시골 여행을 했다. 부
모님 곁에서 어린아이로 돌아간 듯 비로소 그동안 도시생활
에서 찌들고 지친 마음에 안정이 찾아들었다. 행복한 시간이
었다.

　시골살이 하며 매일 부모님과 함께한 일상을 블로그에
글과 사진으로 남겼다. 그 글을 모아 책으로 엮으면서 시시콜

콜한 부모님 이야기, 내 이야기, 시골 일기를 읽고 공감해 주는 사람이 있기는 할까 수없이 고민했다. 글을 쓰게 된 것만으로 만족하고 책으로 낼 생각은 못했지만 나의 글에 힐링이 된다던 누군가의 말을 믿고 용기 내 보기로 했다.

시골살이 중 길심 씨랑 밭고랑에 앉아 밭을 매다가 책을 내고 싶다며 기도해 달라고 했을 때 "그럴 운명이면 그리 되것제"라며 담담하게 호미질만 하던 길심 씨가 떠오른다. 딸에 관해서라면 늘 앞뒤 안 가리고 욕심 내던 길심 씨인데 잠깐 의아한 생각이 들었다. 하지만 어머니는 긴 삶에서 무슨 일이나 욕심대로 되지 않는다는 사실을 이미 터득한 것이리라.

이제 이 책이 나를 어디로 데려갈 것인지, 또 어떤 운명을 지녔을지 무척이나 궁금해진다. 도회지에서 엄마를, 엄마 음식을, 시골을, 고향을 그리워하는 이들이 《길심 씨의 인생 여행》을 만나 부모님과의 추억을 꺼내 보는 따스한 시간을 보냈으면 하는 바람이다.

　이 책이 나오기까지 오랜 시간 옆에서 길잡이 역할을 해준 동생, '메종인디아 트래블앤북스' 전윤희 대표에게 그동안 말로 할 수 없었던 고마운 마음을 글로 전한다. 더불어 예나 지금이나 늘 우리 책방자매의 영원한 생명줄이자 든든한 울타리인 내 어머니 신길심 씨에게 이 책을 바친다.

2022년 9월, 나만의 방에서

전난희

차례

둘, 길심 씨의 음식 여행

셋, 길심 씨의 시골 여행 - 여름

넷, 길심 씨의 시골 여행 – 가을

하나

길심 씨의 인생 여행

그놈의 아들이 뭐라고

아들이 있었다면 그녀의 삶이 조금은 달라졌을까? 더 순하게 흘러왔을까? 아들이 없어서, 자신을 지키기 위해 어머니는 가시울타리를 치고 살았다. 꽃 좋아하고 책 좋아하던 그녀 가슴에서 순함이 수십 년을 두고 하나둘씩 빠져나갔다. 그리하여 스스로 먼저 자신을 알리고 '나 이런 사람이야'를 외쳤다. 목소리가 점점 커졌다. 시댁 식구들 앞에 서면 더더욱 목소리가 커지고 으르렁거리기도 했다. 그런 그녀에게 남편은 바람막이는커녕 늘 커다란 바람을 몰고 와서는 폭풍을 일으켰다. 수십 년을 나의 어머니는 그렇게 살았다.

어머니가 친정에 가서 조산한 첫아이는 아들이었다. 그녀의 친정아버지, 그러니까 나의 외할아버지는 조산으로 떠나 버린 아이를 쉽사리 어쩌지 못했다. 사위가 처가에 올 때까지 기다렸다.

"고추를 달고 나왔단 말이다."

사위가 왔을 때에야 비로소 아이를 보여주며 씁쓸한 한마디를 던졌을 뿐이다. 외할아버지는 사위에게 그놈의 아들을 낳았다는 걸 증명하고 싶었던 것이다.

그 아이가 제 달을 채우고 나와 그녀와 함께했다면 어땠을까? 엄마는 좀 더 여유롭게 순함을 유지하며 살았을까? 내가 기억하는 젊었을 적 그녀는 멋쟁이였고 다른 엄마들과 사뭇 달랐다. 그런 엄마가 아들이 없어서 스스로 가시 돋친 언사로 무장하고 억세게 살았다.

오래전 일이다. 엄마가 시골 군내 버스에서 낯선 사람과 이야기하는 소리를 들었다.

"자식은 얼매나 됬소?"

"아들 하나 있고, 딸이 둘이제."

낯선 이의 물음에 엄마는 여지없이 이렇게 대답했다. 어린 맘에도 우리 집은 딸만 둘인데 왜 그랬냐고 묻지 않았다. 속으로 왜 거짓말을 할까 생각하면서도 알 듯 모를 듯 이해가 되기도 했다. 혹시 아들이 없다면 무시라도 할까 봐 자신을 지키는 나름의 방법이었을지도 모른다.

어머니는 두 번째 아이도 조산을 했다. 8개월 만에 세상에 나온 아이는 며칠을 버티다 다른 세상으로 갔다. 어려운 시절에 변변찮은 산후 조리도 없었다. 누구 하나 다독여 주는 이도 없었다. 좁은 방에 가만히 앉아 눈물만 흘렸다고 했다. 그녀의 친정엄마는 아이가 일찍 나와 일찍 가버린 것이 당신 죄라도 되는 것 같아 그녀를 보러 오지도 못했다. 그렇게 아이 둘을 보내고 딸만 둘을 두었다.

그녀는 죽을힘을 다해 땅을 파서 딸 둘 다 대학에 보냈다. 동네 사람들이 수군거렸다.

"기집애들 대학 보내서 뭣 할라고!"

그녀는 이 앙다물고 못 들은 체했다. 그때도 그녀에게서 순함이 빠져나가고 있었다. 그렇게 스스로를 지키기 위해 마음에 가시를 품었다.

그녀의 남편은 몇 년에 한 번씩 문중에서 족보를 올릴 때면 양자를 들여야 한다고 그녀의 속을 뒤집어 놓았다. 시댁 8남매 중 그녀만 아들이 없다. 논 몇 마지기 떼어 주고 조카들 중 누군가를 양자로 올리자고 할 때마다 그녀는 입을 꾹 다물고 애먼 노란 방바닥만 뚫어져라 닦고 또 닦았다. 아들이 뭐라고 그녀의 가슴에 가시를 돋게 하고 바리케이드를 치게 했을까?

세월이 흐르고 세상이 변했다. 아들은 고사하고 아이를 낳지 않고 부부 둘만 행복하게 살아도 누가 뭐라 하지 않는 세상이다. 나라에서는 저출산이라 제발 하나라도 낳으라고 부추긴다. 이제 그녀의 인생에 볕이 들었다. 아들이 아니라 딸이 좋은 세상이 되었으니 말이다.

　세상이 바뀌고 그녀의 남편 입에서도 양자 운운하는 말 따위는 더 이상 나오지 않았다. 젊어서 술만 마시면 술주정에 행패를 부리던 남편은 큰 사고를 겪으며 외부 활동에 자신감이 없어졌고 자신의 빈틈을 그녀에게 의지한다. 그녀는 허리가 굽어 하기 힘든 일을 남편에게 의지한다. 부부는 나이가 들수록 모자란 부분은 서로 채우며 동그라미를 만들어 굴려간다. 그녀는 오늘도 남편 봉양에 여념이 없을 것이다.

　길심 씨에게서 가시가 하나둘 빠지고 있다. 순함이 돌아오고 있는데, 이제는 몇 번의 사고로 허리가 굽고 두 다리는 새 다리처럼 한없이 가늘어졌다. 어머니의 젊은 날을 누가 보상할것인가. 꼿꼿한 걸음걸이로 자주색 하늘하늘한 양장 투피스에 힐을 신고 마당으로 걸어 들어오던 젊은 날의 어머니가 떠오른다. 눈물이 난다. 그놈의 아들이 뭐라고….

시골 두 노인의 별거 아닌 별거

송동 댁네는 두 딸이 출가하고 하나둘 손주가 늘어났다. 식구가 많지 않아도 어느덧 손주들이 다 장성해 명절 때면 집이 북적거렸다. 작은 집이 아닌데 자식들은 집이 좁다고 새집을 짓자고 자꾸만 졸랐다. 그럴 때면 송동 양반은 양 미간을 한껏 찌푸리며 말했다.

"내가 아들도 없는디, 나 죽으면 이 집은 어쩔라고? 느그들이 내려와서 살래?"

그러고는 자전거를 타고 쌔앵 집을 나가 버렸다.

사실 언제부터인가 동네에 새로 지은 집들이 늘어만 갔다. 경관이 수려한 동네인지라 외지인들이 새로 집을 지으면서 집성촌이던 이 마을에도 다른 성씨들이 꽤나 늘었다. 월출산 한 자락 아래 자리 잡은 호동마을은 경관이 아름다워 문화마을로도 지정된 바가 있다. 그 속에 묻혀 사는 사람들은 제

동네가 아름다운지 알지 못한다. 나도 그랬다. 떠나 봐야 알게 되는 것이 세상 이치인가 보다.

수년이 흐르면서 명절 때면 집 짓자는 이야기가 으레 나왔다. 큰 사위가 총대를 메고 새집을 짓자고 서울에서 빈번하게 전화를 해대며 설득했다. 큰 사위의 설득에 송동 댁은 "알아서 하소." 했지만 송동 양반은 꿈쩍도 하지 않았다. 결국 딸도 아닌 사위의 설득에 송동 양반이 지금 있는 집은 허물지 않기로 하고 집짓기를 허락했다. 두 딸 사위는 머리를 맞대고 이쁜 집을 지어 보겠다고 동분서주했다. 드디어 마당 한편에 있던 헛간채를 허물고 땅을 파고 기둥을 세우고 황토 집을 짓기 시작했다.

기둥 위에 보를 얹고 지붕틀을 꾸민 다음 마룻대를 올릴 때는 큰 당숙 어르신을 모셔다 상량문을 쓰고 동네 사람, 목수, 일꾼을 모두 불러 떡, 돼지머리, 술 등으로 상량식을 걸판지게 했다. 집을 안 짓겠다고 몇 년을 버티긴 했으나 이왕 짓는 집이니 하나도 소홀히 할 수 없다.

송동 댁과 송동 양반은 날마다 집 짓는 사람들을 따라다니며 참견을 하고 새참도 준비했다. 집을 짓자고 조르던 딸 사위는 상량식 때 얼굴 잠깐 비치고는 먹고살기 바빠 코빼기도 안 비친다. 어느덧 구들장을 놓은 황토 집이 완성된다. 이

제 송동 댁은 신혼살림 장만하듯 장롱도 소파도 TV도 들인다. 그러곤 동네 사람들에게 자랑은 있는 대로 다 한다. 집짓기 싫다고 할 때가 언제였는지…. 명절에 딸, 사위, 손주들이 오면 별장에 온 듯 좋아하니 덩달아 좋다.

새 집을 짓고 나서부터 두 노인은 별거 아닌 별거를 하고 있다. 송동 양반은 헌집에서, 송동 댁은 새집에서 각자 생활한다. 송동 양반이 초저녁잠이 많아 저녁 8시 반만 되면 불을 끄고 잠을 청하는 바람에 송동 댁은 좋아하는 연속극도 그동안은 못 보았더랬다. 큰딸에게 전화가 오면 이제야 소원성취한 듯 목소리가 밝았다.

"테레비도 마음대로 보고, 아이고 좋다."

말은 그렇게 하지만 송동 댁도 저녁 9시를 못 넘기고 TV는 저 혼자서만 떠든다.

시골 두 노인은 오늘도 밥은 헌집에서 잠은 각자 따로따로 잔다. 송동 양반은 사람이 안 살면 집이 못쓰게 된다고 항상 헌집에서 생활한다. 가끔 저녁에 내기 화투라도 칠 양이면 새집에서 티격태격, 그러다가 돈내기에 질 성부르면 송동 양반은 얼른 헌집으로 내빼 버린다. 오늘도 호동마을의 두 노인, 성수 씨와 길심 씨는 한 마당 두 집에서 별거 아닌 별거를 하고 있다. 별거가 별거겠나. 이런 별거라면 얼마든지 해도 좋을 듯하다.

그녀만의 추석맞이

추석이 코앞이다. 내 어머니 길심 씨는 추석 준비에 눈코 뜰
새가 없다. 자식들이 오면 뭐라도 더 먹이고, 싸서 보낼 욕심
에 하루해가 짧기만 하다. 더군다나 요즘은 한창 참깨 털기에
바쁘다. 어떻게 지은 깨 농사인가. 깨 한 톨이라도 멍석 밖으
로 튀어나갈까, 가을을 재촉하는 비에 고운 때깔 잃을까 노심
초사다. 깨 덕석(멍석)을 마당에 내어 놓으면 비가 오고, 들여
놓으면 해가 뜨니 굽어진 허리에 오락가락하는 비가 야속하
기만 하다.

딸네들에게 들려 보낼 참기름도 짜 와야 하고 모싯잎 송
편도 빚어야 한다. 지난여름 범굴샘 저수지로 토하를 잡으러
갔다가 눈독 들여 놓았던 모싯잎은 며칠 전 한 바구니 따와
이미 삶아 놓았다. 추석 당일 오후 늦게나 오는 아이들한테
송편을 빚으랄 수도 없다. 수십 년을 해왔던 일인데 힘들다고

안 하자니 마음에 걸린다. 자식, 손주들이 와서 맛있게 먹을 것을 생각하면 더더욱 그렇다. 딸네들은 떡도 하지 말고 아무것도 하지 말라지만 어디 그럴 수 있나. 그녀는 오락가락하는 비도 야속하지만 가만히 앉아 부엌일에는 손도 까딱 않는 남편이 더 야속하다.

추석 명절에 먹거리 장만도 큰일이지만 더 큰일은 주인 양반(남편) 목욕 시키기다. 이날 이때껏 가 본 적 없는 목욕탕인데 이제 와 새삼스레 등 떠밀 수도 없고, 떠민다고 갈 양반도 아니다. 길심 씨는 가계부 일기장에 그녀의 남편이자 나의 아버지를 꼭 주인이라 일컬었다. 행여 요새 아이들이 보면 큰일날 일이지만 나에게도 일상이 되어버렸다. 기름보일러 돌려 욕실에서 목욕을 하고 나오라고 해도 물만 묻히고 나올 게 뻔하다. 구들장 놓은 새집에 군불 지핀다고 큰 솥단지에 펄펄 끓고 있는 물이 아까워서 보일러는 애초부터 돌릴 생각도 없다.

큰 솥단지의 뜨거운 물을 옛집의 바깥 욕실로 퍼 나르고 찬물과 섞어 놓고는 주인 양반을 부른다.

"예 말이요. 물 받아 놨응께, 얼른 오쇼 잉!"

씻기 싫어하는 주인 양반을 소리소리 질러 욕실 의자에 앉히고 아이 씻기듯 씻긴다. 간지럼을 많이 타는 주인 양반, 내 아버지의 웃음소리가 욕실 밖으로 흘러나온다.

"아이고, 가만히 좀 있으쇼. 가만히 좀 있으란 말이요. 꼭 애기 같소 잉. 아이고, 이것 보쇼. 때가 이렇게 많이 나오는디."

종내 그녀가 남편의 등짝을 찰싹 때리며 소리 지르지만 그녀의 목소리에도 웃음이 매달렸다. 평생 먹을 것에, 씻기는 것까지 일복은 제대로 타고난 길심 씨다.

몇 해 전부터 민선 군수 출범으로 복지가 좋아져 노인들에게 목욕표가 나온다. 엊그제 그 목욕표를 들고 읍내 목욕탕에 갔더니 추석 쇠려고 사람들이 바글바글 엉덩이 붙일 자리도 없었다. 주인 양반도 다녀오면 좋으련만 끝끝내 가질 않고 길심 씨 손을 빌린다. 그러니 혼자 쓰고도 남아돌아 그 표를 동네 사람들에게 나누어 주기도 했다. 일생에 한 번도 가 본 적 없는 사람이 다 늙어서 어디 대중목욕탕을 가겠는가. 다행히 이제는 목욕표를 미용실, 이발소에서도 받아 준다니 얼씨구, 잘 됐다. 추석을 일주일 앞두고 주인 양반 대동하고 미용실에 가서 나란히 앉았다. 어디를 갈 것도 아니고 자식들 아니면 올 대단한 손님도 없지만 머리를 단장하는 것도 그녀 나름의 추석맞이다.

명절 대목 장에 다녀와서는 생선 손질하느라 마당 한편의 수돗가에 빨래 의자를 깔고 앉아 자리를 잡았다. 대목이라 덤도 없고 에누리도 없는 조기와 병치(병어)를 손 크게 사왔다. 아직 한낮에 남아 있는 열기 때문인지 비릿한 냄새를 찾아 자꾸만 파리가 날아든다. 파리를 쫓아가며 한참을 앉아 비늘을 벗기고, 지느러미를 떼어 내고, 쌀뜨물에 담가서 씻어 생선 건조망에 충충이 넣어 바람에 말린다. 빨랫줄에 걸린 생선망이 추석을 부른다. 겨우 허리를 펴니 아구, 아구, 소리가 절로 나오지만 아궁이 숯불에 구워낸 생선이 자식과 손주들의 입에 들어갈 걸 생각하면 이런 수고쯤이야 아무 일도 아니다.

나물거리도 미리 준비한다. 텃밭에서 하양, 보라꽃으로 설레는 기쁨을 한껏 주고 또 뿌리까지 선사하는 오래된 도라지를 몇 뿌리 캐다 놓았다. 낮에 일하는 것으로도 모자라 밤에는 밤대로 TV를 켜 놓고 굽어진 허리에 한쪽 다리를 접어 세우고 앉아 도라지 껍질을 까고 있다. 꾸벅꾸벅 졸다 까다 큰딸에게 전화가 오니 화들짝 놀라 수화기를 든다. 아침부터 밤까지 종종걸음 친 이야기가 줄줄 나온다.

"아이고! 우리 엄마 오늘도 힘들었것네 잉! 으짜까 잉."

딸은 고된 하루의 피로가 풀리길 바라며 사투리 장단이 막 나온다.

뒷산에서 끊어와 잘 갈무리해 둔 고사리도 물에 담가 놓았다. 볏짚 태운 재로 이제껏 재콩나물을 옹기시루에 안쳐 길러 먹었지만 이제는 힘들어서 내려놓았다. 월출산을 병풍으로 삼고 들 한가운데로는 영산강 수로가 지나는 마을에 부지런하기만 하면 넘쳐나는 것이 나물거리다. 명절 때마다 같은 나물이 상에 오른 것 같지만 한 가지는 꼭 달라진다. 추석 음식 중에 손주들한테 가장 인기 없는 것이 나물이다. 그래도 길심 씨 본인과 나이 들어가는 딸들이 좋아하는 것이 나물이니 정성을 들인다.

명절도, 대보름도 당일보다 그 전날이 진짜다. 아, 크리스마스도 이브 날이 진짜가 아니던가. 추석 전날 밤, 길심 씨는 월출산 자락을 타고 올라오는 하얀 보름달을 향해 아무도 모르게 두 손 모아 빈다.

'우짜든지 우리 주인네, 우리 자석들, 모도모도 다 건강하게 해 주고, 다 잘되게 해 주쑈 잉!'

모든 가족이 오늘도 무탈하게 살아가는 것은 아마도 길심 씨의 이런 오래된 의식 덕분일 것이다. 이제는 명절도 옛날 같지 않지만 그녀만의 추석맞이가 언제까지나 계속되길 바라고 또 바란다.

길심 씨의 퍼 주기 사랑법

"아이고, 느그 아버지 땜시 못 살겄다."

쩌렁쩌렁한 목소리가 귓전을 때린다. 전화기 너머로 들리는 길심 씨 목소리다. 이 소리가 이제는 아무렇지도 않게 들린다. 나도 이제 나이를 먹었으니까. 진짜인 줄 알고 가슴이 두방망이질하던 때도 있었다. 이 소리가 그녀의 또 다른 남편 사랑 표현법이며, 내일이면 언제 그랬냐는 듯 또다시 남편 봉양 모드로 들어갈 것임을 알기 때문이다.

그녀는 젊어서는 어려운 큰아들을, 나이 들어가면서는 성질 불뚝불뚝한 작은아들을, 늙어서는 엄마 손이 아니면 아무것도 못 하는 막내아들을 건사하듯 남편을 건사하며 산다. 먹이는 것도, 입히는 것도, 씻기는 것도 모두 그녀 몫이다. 딸만 둘 낳아 사주팔자에도 없는 아들인데 남편이 아들인 양 평생 퍼 주는 사랑만 한다. 그런데 이제 어쩌랴. 버릇을 그렇게 들였고 그렇게 받들었으니 누구를 원망하랴. 그녀만의 사랑 법이다.

요즘 인구에 회자되는 삼식이 수난 시대에 혼자만 다른 시대에 살고 있는 그녀의 남편은 너무도 당당하게 세 끼를 정확한 시간에 내놓으라 한다. 반찬도 그때그때 만든 새 반찬을 좋아하고 김치도 막 담근 김치를 좋아한다. 그래서 그녀는 평생 남편 입맛 맞추느라 끼니때마다 바쁘다.

어쩌다 동네 마실에 다녀온 남편이

"동네 누구누구 해도 자네 음식이 젤이더구만."

"우리 집 된장이 젤 맛있드만."

"우리 집 신건지(동치미)가 젤 맛있당께."

하는 날이면 그녀의 입꼬리는 실룩실룩, 쳐진 눈은 보이지 않게 가느다래진다. 그동안의 반찬 타박에 대한 보상으로 충분하다는 듯 그녀가 맞장구를 친다.

"그라제에!"

그것이 그녀가 사는 방법이다.

그녀의 남편은 먹는 것만 까칠한 게 아니다. 입는 것도 까칠하다. 옷도 절대 본인이 사는 법은 없지만 색깔도 사이즈도 본인에게 맞는 나름의 스타일을 고집한다. 아무도 인정하지 않는 스타일이지만 소맷단과 바짓단은 길지도 짧지도 않

게, 색깔은 본인이 원하는 무채색 계열의 옷만 고집한다. 본인 스타일이 아니면 아무리 좋은 옷, 비싼 옷도 쳐다보지 않는다. 그래서 그녀는 소맷단, 바짓단 수선은 물론 어지간한 옷 만들기에도 선수가 되었다. 시집올 때 가져온 50년도 훨씬 넘은, 발로 하는 재봉틀이 이제는 앉은뱅이로 모양새를 바꾸고 여전히 한몫 톡톡히 하고 있다.

먹는 것, 입는 것뿐만 아니라 씻는 것도 그녀 손을 거쳐야 한다. 여름이면 샘가에서 등목을 하니 차가운 지하수 한 바가지 끼얹어 주면 그만이지만 겨울에는 남편 씻기기가 이만저만 고단한 게 아니다. 남들 다 가는 대중목욕탕 가길 싫어하는 남편을 위해 평생, 예나 지금이나 날을 잡아서 아이 씻기듯 씻긴다. 씻고 들어와 말끔해진 아버지를 보고 기분 좋아진 그녀가 말한다.

"느그 아버지는 나 만나서 얼굴이 반들반들해졌어야. 결혼하고 나서 보니 얼굴에 여드름이 줄레줄레 달렸더라."

그리 말하며 아버지 볼을 꼬집듯이 잡아당기면 아버지는 쑥스러워 눈은 흘기면서 입은 귀에 걸린다.

평생 어찌 이처럼 좋은 날, 맑은 날만 있었겠는가. 그녀의 삶에 천둥 번개가, 폭풍우가 몰아치던 날이 훨씬 더 많았다. 굽이굽이 고비마다 그녀의 모진 삶은 애달팠다. 남편에 대한 모진 사랑이 이럴진대 자식에 대한 사랑은 어떠했겠는가. 평생 그녀만의 사랑은 마를 줄을 모른다.

아무도 몰랐던 그녀의 꽃 사랑

휴대폰 갤러리에서 우연히 마주한 사진 한 장이 나를 불러 세웠다. 그 사진을 가만히 들여다보니 어느새 나는 내가 나고 자란 시골집 마당으로 성큼성큼 들어간다. 마당가에 무성한 초록 잎을 자랑하는 대추나무는 연녹색으로 방울진 대추가 다닥다닥 매달려 제 무게를 이기지 못하고 여러 개의 기다란 장대에 기대어 서 있다. 그 옆으로 키 큰 해바라기가 저 멀리 하늘 아래로 보이는 월출산 바라기를 하고, 그 아래로는 주홍빛 금잔화 한 무더기가 만개하여 땅에 닿을 듯 춤을 추고 있다. 마당가는 꽃들로 빼곡하여 흙이 보이지 않는다. 비로소 나는 사진 속 마당가에서 아무도 몰랐던 그녀의 꽃 사랑을 깨달았다. 그녀가 오래전부터 꽃을 좋아했다는 것을.

아주 오래전, 어릴 적 우리 집 검고 뚱뚱했던 TV 위에는 꽃병이 놓여 있었다. 별로 예쁘지도 않은 그 하얀 사기 꽃병에는 늘 들꽃이 꽂혀 있었다. 햇빛과 바람을 잃은 들꽃은 금세 고개를 푹 떨궈 누구의 관심도 받지 못했다. 진달래도, 개나리도, 아카시아도, 동백꽃도. 그런데 왜 그녀는 늘 꽃을 꺾어 꽂았을까? 들에 나가면 지천인 꽃을.

늘 논밭에 엎디어 살던 그녀에게 꽃은 어쩌면 아무도 모르게 마음속에 차려 놓은 성전이었을지 모른다. 박노해의 〈꽃내림〉이란 시의 주인공처럼.

오늘은 무슨 꽃이 피어나는가
오늘은 무슨 꽃이 떨어지는가

아침이면 가장 먼저
피고지는 꽃들을 문안한다

너에게 꽃은 장식이지만
나에게 꽃은 성전이다

읍내 마트에서 신장개업했다고 줄줄이 세워 놓은 화환이 버려질 때 아깝다고 주워 와 꽂아 두었을 때도, 어버이날 어린 자식들에게서 받은 빨간 조화 카네이션이 빈 화분이나 액자 모서리를 차지하고 있을 때도 그녀의 꽃 사랑을 눈치채지 못했다. 단지 아까워서 주워 왔고, 아까워서 버리지 못했다고 생각했다. 그녀는 억세고 목소리도 크고 사내대장부 같았으니까.

동네 마실 길에도, 혹여 외지의 여행길에도 예쁜 꽃이나 색다른 식물을 발견하면 그녀는 한 포기라도 얻어 와 마당가에 심었다. 그런데 그녀의 남편은 그녀가 꽂아 놓은 꽃을 내다 버리기 일쑤였다. 마당가에 심긴 꽃나무들도 흔적 없이 뽑아 버리곤 했다. 지저분하다는 이유였다.

"멀리서 얻어다 심어 놓은 꽃인디 느그 아버지가 나 몰래 뽑아 부렀어야. 으이그, 내가 뭘 심어 놓기가 힘들당께."

그리 말할 때도 그녀가 꽃을 좋아한다고 생각하지 못했다. 엄마가 여자라는 걸 잊은 게 아니라 애초에 나에게 엄마는 여자가 아니었다. 그저 억센 농사꾼일 따름이고 엄마일 뿐이었다.

명절 끝에 제집으로 돌아가는 딸들 차 트렁크에 바리바리 그녀 영혼의 산물들을 싣고도 모자라 게발선인장 화분을 함께 실었다. 그녀가 마당가에 심었다가 고이고이 길러 화분에 분양해 놓은 것들이다. 딸들이 그 공들인 시간을 알기나 할까? 그녀는 알아주기를 바라지도 않았을 것이다. 그저 당신이 공들여 키운 정을, 사랑을 나눠주고 싶었을 것이다. 식물들을 데려다 키우면서도 안부 한마디 전하지 못했다. 당신의 손을 떠난 것들이 금세 시들고 말았으니.

샘가 둔덕에 심어 둔 식물들이 세월을 이야기하고 있다. 나이 드니 이제야 그녀의 세월이 보인다. 굵어져 큰 나무 같은 선인장, 넓게 펴져 땅속 깊이 뿌리내린 도톰한 국화잎, 그녀의 얼굴만큼이나 커다란 파란 하늘빛 수국, 햇빛을 받아 반짝반짝 빛을 내는 동백 나뭇잎 등이 그녀의 오래된 꽃 사랑을 대변하고 있다. 마당가에 심긴 키 큰 해바라기부터 금잔화, 채송화, 이름 모를 들꽃까지 빼곡하게 자리 잡은 꽃들이 입을 모아 그녀에게 받은 사랑을 자랑하고 있다.

내가 자랄 때는 없던 나무들이 커서 이제 주인 행세를 하고 있다. 대추나무, 석류나무, 무화과나무는 광주리 가득 튼실한 열매로 자식도 못하는 효도를 하고 있으니 주인 행세할 만하다. 일 년에 몇 번 못 가는 나보다 그것들이 그녀 곁을 더 든든히 지키고 있으니 말이다. 어릴 때는 잘 몰라서였고 학창 시절엔 학교 다니느라, 집을 떠나와서는 나 살기 바빠서 그녀의 마음을 깊이 들여다보지 못했다.

나는 이제야 눈을 감고 그녀의 꽃 사랑, 나무 사랑이 배인 마당을 그려보며 생각한다. 아들이 없다고 스스로 움츠러들

때도, 남편이 사고로 다쳐 몇 해 동안 가족을 못 알아볼 때도, 딸들이 떠나간 자리의 헛헛한 마음을 꽃 사랑에 기대어 살아온 것은 아니었는지. 이번 설날에는 그녀와 아랫목에 나란히 누워 사연 깊은 꽃 이야기, 나무 이야기로 이야기꽃을 피워봐야겠다. 뭐니 뭐니 해도 그녀에게 가장 소중한 꽃은 자식일 테고, 자식과 도란도란 피우는 이야기꽃이 최고일 테니.

오지 말라는 거짓말

몇 해 전의 이야기다. 유월의 끝에 내 고향 영암 시골집에 다녀왔다. 길심 씨 생신이었다. 어머니는 딸, 사위, 손주들이 오는 것도 무척 힘에 부쳐 했다. 자식들이 오면 좋지만 가고 나면 할 일이 좀 많은가. 빨아야 할 수건은 산처럼 쌓이고 쓰레기도 여기저기 넘칠 것이다. 온 집안이 당신 사는 대로 돌아가는 데 꼬박 하루는 걸릴 터였다.

당신 생신이니 집이 아닌 곳에서 편안히 대접받게 해드리고 싶어 1박 2일 군산 여행을 계획했다. 명절이야 어쩔 수 없다지만 당신 생일에까지 자식들 뒤치다꺼리를 하게 할 수는 없어서였다. 여행을 이틀 앞두고 길심 씨랑 전화 통화를 했다.

"엄마, 내일모레 군산에서 보세."

"이렇게 덥고 비도 온다는디 어딜 가것냐? 돌아다니기나

하것냐. 못 가것다."

그도 그럴 것이 때 이른 폭염에 장마를 예상하지 못했다.

"그러게나. 너무 덥고 비도 온다니…. 으음, 그럼 우리가 시골로 갈게."

그 말 떨어지기가 무섭게 길심 씨는 아주 단호하게 단칼에 무 자르듯 말했다.

"오지 마라! 오지 마라 잉! 올 것 없다 잉. 정 서운허면 갈비나 사서 보내든가…. 진짜로! 절대로! 오지 마라 잉. 하나도 서운하게 생각 안 할 텐께. 알았냐? 알았냐고?"

엄마는 알았다는 대답을 듣고서야 전화를 끊었다. 전화를 끊고 배시시 웃음이 나왔다. 진심 오지 말라는 소리지만 강한 부정은 긍정이라고 오지 말라는 말속에 '오면 더 좋고'라는 말이 숨어 있는 듯했다.

'아이고, 울 엄마 참 귀엽네. 그러다 진짜 자식들이 안 오면 어떡하려고.' 괜히 웃음이 났다. 이틀 뒤 비 오는 이른 아침 동생부부와 우리 부부는 영암으로 출발했다. 집에 도착하기 한 시간 전에 전화를 했다.

"엄마, 한 시간 후에 집 도착! 점심 먹으러 나갈 거니까 아버지랑 준비하고 계셔 잉."

"오메, 그래야 잉. 아이고, 뭣 하러 오냐?"

전화기 너머로도 숨길 수 없는 반가운 목소리가 틀림없었다.

시골집 마당에 들어섰다. 유월의 끝, 엄마의 뜰은 온통 초록빛이었다. 초록빛 사이로 온갖 꽃들이 기다리기라도 하듯 나를 먼저 반겼다. 우물가에 수북수북 핀 수국의 인사를 뒤로하고 얼른 현관문을 열었다. 순간 우물가에서 보았던 말간 가을 하늘빛 파아란 두 송이 꽃과 딱 마주쳤다. 자식을 본 순간 번지는 미소를 숨기느라 입가는 씰룩씰룩하고 얼굴은 몽실몽실 활짝 피어오른 흡사 수국 같았다. 그 순간만큼은 부모님 얼굴이 활짝 핀 두 송이 큰 수국이었다. 이 세상 그리 활짝 핀 수국이 어디 있으리오. 오지 말란다고 안 왔으면 얼마나 서운하셨을까? 가슴에 짠하게 무언가가 확 밀려왔다.

그토록 단호하게 오지 말라고, 안 와도 괜찮다던 길심 씨 얼굴은 언제 그랬냐는 듯 활짝 핀 수국 형색이었으니…. 오지 말라는 것은 진짜 속마음이 아니었다. 거짓말이었다. 장거리 운전으로 자식들 힘들고 돈 들까 봐 염려한 것이었다. 거기다가 아무리 자식이라도 호랑이보다 더 무섭다는 여름 손님 아니던가.

우리는 정말로 못 간다고 하고선 출발했다. 미리 간다고 하면 이것저것 준비하고 반찬 걱정에 종종걸음 칠 게 뻔했기 때문이다. 점심 저녁은 외식하고 그다음 날 아침은 있는 반찬에 먹고 고향집을 나서며 손을 흔들었다. 길심 씨는 그날 마을회관 마실 길에 자랑할 것이다.

"아, 딸내미들이 내 생일에, 덥고 비도 오니 오지 말라고 했더니만 와서는 장어도 사 주고…, 호강해 부렀소."

이제 나도 나이 먹으니 부모님의 의중을 목소리만 듣고도 알아차리게 된다. 오지 말라고는 했어도 행여 올까 봐 아버지가 동네 어귀를 몇 번을 왔다갔다 서성였다고 길심 씨는 흉 아닌 흉을 본다. 연로하신 부모들에게 자식이란 안 오면 서운하고 오면 반갑고 가면 더 반가운 법이니, 서운하지 않게, 반갑게, 더 반갑게 해야지. 내 나이 오십이 넘어 이제야 터득했으니…, 쯧쯧쯧.

사랑을 머리에 이고

시장을 보러 나설 때면 늘 살짝 갈등이 인다. 정확히 아파트 정문에서 왼쪽으로 가면 걸어서 5분 거리에 대형마트가 있고 오른쪽으로 가면 7분 정도 거리에 재래시장이 있기 때문이다. 대형마트 식품매장으로 가려면 무빙워크를 타고 지하 3층까지 내려가야 한다. 천천히 아주 천천히 땅속으로 들어가는 느낌이 싫어 특별한 일이 아니면 재래시장 쪽으로 발길을 옮긴다.

감자탕을 끓이기 위해 돼지등뼈를 샀다. 묵직했다. 돌아오는 길에 시장 초입 마트에 복숭아 박스가 높게 쌓여 있었다. 가격도 아주 저렴했다. 욕심을 부려 한 박스를 샀다. 저렴하니 배달도 안 된단다. 양손 가득 들었다. 장마 기간이라 우산도 들었다. 낑낑대며 차라도 끌고 올 걸 그랬나 싶지만, 하는 수 없이 손을 바꾸어가며 들었다.

다시 비가 올 듯 저만치 하늘에 먹구름이 몰려왔다. 너무 무거워 복숭아 박스를 머리에 이고 가면 더 나으려나 싶었다. 아무리 무거워도 머리에 이고 갈 수는 없다. 문득 저 앞 먹구름 아래 기다란 책장을 머리에 이고 걸어가는 여인의 뒷모습이 보이는 듯했다. 수십 년 전 책장을 머리에 이고 나의 자취방으로 걸어가는 어머니의 모습이.

시골 읍내 여고를 졸업하고 광주광역시 대학가 막다른 골목에 허름한 자취방을 얻었다. 그때까지 시골에서 나고 자라 도회지에 가 본 것이 다섯 손가락에 꼽을 만했다. 길심 씨랑 둘이서 자취방에 살림을 들이는 날 자잘한 살림살이는 학교 근처 시장에서 샀다. 옷장은 지퍼가 달린 비키니 옷장, 책상은 밥상 겸으로 작은 상을 마련했다. 이불은 집에서 쓰던 걸 보자기에 싸 왔다. 그래도 책을 꽂으려면 최소한 책장은 있어야 했다.

광주에서 가장 크다는 양동시장을 어머니랑 찾아갔다. 어떻게 갔는지는 기억에 없지만 아무튼 양동시장에서 키 큰 4단 책장을 샀다. 택시를 타려고 했으나 책장이 커서 실을 수 없다는 이유로 거절당했다. 버스를 탈 수도 없었고, 그렇다고 책장 하나에 트럭을 부를 수도 없었다.

갑자기 무슨 큰 결심이라도 한 듯 길심 씨가 목에 두른 목

도리를 풀고는 손에 돌돌 감아 똬리를 틀어 머리에 얹었다. 그러고는 책장 앞에 앉아 책장 뒷면에 머리를 대더니 나에게 밀어 얹으라고 했다. 책장을 머리에 이고 일어서자마자 뚜벅 뚜벅 자취방을 향해 걸었다. 어떻게 길을 알고 십여 리 길을 걸었는지 생각나지 않는다. 다만 책장을 머리에 인 엄마의 뒷모습만이 오래된 사진처럼 내 머릿속에 찍혀 저장되어 있다.

내가 그 시절 엄마 나이가 되면서 머릿속에 저장된 그 사진이 자주 떠오르곤 한다. 오늘도 저만치 앞서가는 어머니 뒷모습이 보이는 듯하다. 그때 십여 리 길을 한 시간여 동안 책장을 머리에 이고 가는 어머니의 뒤만 따르면서 왜 내가 잠시라도 나누어 이고 가겠다는 생각은 아예 하지 못했을까? 이제야 그 생각이 든다. 5분여 짧은 거리도 낑낑대는 나를 보면서 말이다. 마트에 다녀오는 길에 간혹 내 손에 든 짐을 나누어 들 생각을 못하는 내 아이들을 볼 때도 그때의 내가 떠오른다.

나는 오늘 아스라한 내 머릿속 사진에서 허리 꼿꼿한 40대의 젊은 엄마를 만났다. 그 시절 책장을, 사랑을 머리에 이고 도로변을 걷고 골목길을 누비던 젊은 그 엄마는 어느새 허리가 기역 자로 굽은 할머니가 되었다. 이제 팔순이 지났다. 책장을 이던 그 머리에 하얗게 서리가 내리고 듬성듬성한 머리카락 사이로 길이 훤하다. 사람은 자신이 겪어 봐야 알고 그 나이가 되어 봐야 깨닫는다. 그 시절 엄마보다 십 년은 더 살아온 내가 이제야 진짜 어머니의 마음을 헤아린다.

느그들도 늙어 봐라!

"셜리 양 생각에도 내가 그렇게 늙었나요? 채신없이 굴고 싶진 않지만….

전부터 늘 구슬 달린 망토를 무척 갖고 싶었어요. 누가 봐도 멋지다고 할 만한 물건이라고 생각했고…. 마침 다시 유행하니까요."

난 자신 있게 말씀드렸어.

"늙었다니요! 당연히 아주머니는 늙지 않으셨어요. 자기가 입고 싶은 대로 입는 사람은 절대 늙은이가 아니에요. 정말로 늙어버리면 콕 집어 뭘 입고 싶다는 생각조차 나지 않겠죠."

– 《스무 살, 빨강머리 앤》 중에서

큰딸아이의 입사를 앞두고 제주도에 다녀왔다. 둘이서만 간 것은 처음이었다. 딸 덕분에 편하게 따라다니기만 하면 되었다. 말하지 않아도 예약도 척척, 주문도 척척. 뭐든지 내가 해주기만 했던 게 엊그제 같은데 딸이 어느새 나의 어미 새가 되어 있었다. 내가 길심 씨에게 해드린 것을 딸에게 받고 있었다.

집에서만 보는 딸과 나와서 보는 딸은 사뭇 달랐다. 우리는 취향이 비슷해 제주도의 작은 책방을 몇 군데 들렀다. 한 책방에서 눈에 띈 루시 모드 몽고메리의《스무 살, 빨강머리 앤》을 샀다. 내가 가장 좋아하는 빨강머리 앤의 새로운 책이었으니 얼른 집어 들었다.

이 책은 앤의 10대 후반부터 20대 시절 이야기가 담긴 4권의 책을 바탕으로 만들어졌다. 어른이 된 앤이 했던 주옥같은 말들과 그녀의 모습을 가장 잘 표현해 주는 장면들만 쏙쏙 뽑아 만든 책이었다. 책을 읽다 앤의 말에 길심 씨 생각이 나서 딱 멈추었다. 크게 다가오지 않던 길심 씨의 말을 활자화된 글로 읽으니 크게 와 닿았다.

우리가 제주도에 오기 전 길심 씨가 병원 진료 차 서울에 왔다. 유달리 다른 때에 비해 행색이 남루했다. 다 풀린 파마 머리를 짧게 잘라서인지 머리카락은 고슴도치 가시처럼 뾰족

뾰족해 찔리면 흡사 피가 날 것만 같았다.

"엄마, 옷 많잖아. 왜 이렇게 입고 왔어?"

"느그들도 늙어 봐라! 장롱에 들어 있는 옷도 꺼내 입기 싫더라. 그래서 입은 채로 왔다."

그러고는 입을 살짝 삐죽거리며 말을 이어갔다.

"이제는 옷도 안 살란다."

나는 별스럽지 않게 들었다.

길심 씨는 큰 병원에서 진료도 받고 동네병원에서 링거도 맞았다. 몸기운, 마음 기운이 올라왔는지 길심 씨 수다가 시작되었다. 수다 중에 큰딸아이가 이것저것 할머니에게 맞을 만한 옷을 몇 개 골라 내놓았다. 길심 씨가 옷을 하나둘 입어 보더니 모두 가져가겠다며 쇼핑백을 가져오라고 한다. 무거우니 나중에 시골 가는 길에 가져다드리겠다고 해도 기어이 가져가겠다는 길심 씨 욕심에 나는 살짝 화가 나기도 했다.

시골에 내려가기 전날 길심 씨가 작은 딸네로 갔다. 거기서도 손녀가 할머니를 위해 예쁜 옷을 입혀 드렸다. 가족 톡방에 올라온 사진을 보니 길심 씨가 손가락으로 브이 자를 그리며 환하게 웃고 있었다. 장롱에 쌓인 옷도 꺼내 입기 싫어 입은 채 왔다던 길심 씨가 옷 욕심을 부리는 것을 보니 나도 웃음이 났었다.

　책을 읽고서야 그래도 길심 씨가 옷 욕심을 부리는 게 다행이다 싶었다. 정말로 늙어 버리면 콕 집어 뭘 입고 싶다는 생각조차 나지 않을 거라니⋯. 길심 씨가 언제까지나 옷 욕심을 부리는 멋쟁이 어머니, 멋쟁이 할머니였으면 좋겠다.

　"아, 이런 옷 입고 싶다. 이 옷도 예쁘고 저 옷도 예쁘다."

　그리 말하면서 말이다.

게미가 있어야지!

집 근처 재래시장에는 좁은 점포에 트럭을 창고 삼아 과일 야
채 장사를 하는 아저씨가 있다. 점포가 좁아서 길가에 세워
둔 트럭이 창고인 셈이다. 시장에 갈 때면 으레 이곳에서 과
일을 산다. 시장 초입에 있어 안으로 깊숙이 들어가지 않아도
되니 편하기도 하다. 밖에 내놓은 좌판에는 바구니들이 줄을
서 있고 늘 손님들이 과일을 고르고 있다. 요즘에는 단골이
많아 부부가 같이 하는지, 아주머니가 팔고 아저씨는 안쪽에
서 과일 상자를 챙긴다. 아주머니는 연신 벽에 걸린 검은 봉
지를 뜯어내어 바구니에 들어 있는 과일을 담는다.

　나는 오래되어 시든 과일은 사지 않지만 못생기고 흠이
있는 과일은 집어 든다. 못생기고 흠이 있다는 것은 자연에
방치되어 돌봄을 받지 못했을 확률이 높다. 바람을 맞아 표면
이 거칠고 벌레가 먹어 보기 흉한 과일이 더 맛이 있다. 맛있

는 것은 벌레가 더 잘 안다. 보호를 받지 못해 외모가 보잘것 없고 크기도 다소 제각각이지만 속은 튼실하고 야무지다. 사람도 허술한 울타리에 비바람 맞고 자라야 속이 단단하고 태풍에도 끄떡없다.

지난 추석에 명절을 쇠고 시골집에 남아 텃밭에 주렁주렁 매달린 가지를 발견했다. 태풍에 얼마나 호된 바람을 맞아 부대꼈는지 껍질에 하얀 흉터가 크게 남아 있었다. 새로 열리기 시작한 아주 작은 가지를 빼고는 모조리 바람을 맞아 못난이가 되어 버린 것이다. 바람의 크기가 짐작이 갔다. 길게 자라면서도 한 번 생긴 흉터는 없어지지 않았다. 이 못생긴 가지를 따다가 요리를 하니 부드럽고 연약한 가지보다 훨씬 식감도 좋고 맛도 좋았다. 시골에서 자란 덕에 못생겼어도 속이 찬 과일이나 좋은 야채를 보는 눈이 있다. 특별한 팁은 없지만 나만의 직감이다.

상품성으로 따지자면 반들반들 윤이 나고 크기가 고르고 큰 과일이 보기도 좋고 맛도 좋겠지만, 이런 과일들에게서는 자연의 맛이 덜 느껴진다. 왠지 싱거운 맛이 느껴지기도 하고, 당도가 높아 맛은 있어도 고향에서 쓰는 말로 치자면 '게미'가 없다. 순전히 나의 생각일 뿐이지만 말이다. '게미'란 '씹을수록 고소한 맛, 그 음식 속에 녹아 있는 독특한 맛'으로 전라도 방언이다(네이버 사전 참조). 고향 어르신들이 이 말을 자주 쓰는데 우리 어머니 길심 씨도 예외는 아니다. 음식 맛의 유무를 '게미'가 있는지 없는지로 가른다.

"우리집 김치가 짜기는 해도 게미가 있당께."

"신건지 한번 먹어봐라 잉. 어쩌냐? 게미가 있지야 잉."

"우리집 단감이 게미가 있제. 사다 먹으면 게미가 없드만."

그 가게 과일은 게미, 즉 맛은 있지만 흠 때문에 상품성이 떨어져 가격은 대체로 착한 편이다. 때로는 흠이 없는 과일도 다른 곳에 비해 훨씬 싼 편이라 시장에 가면 꼭 들른다. 단골 가게가 정해져 있어 다른 곳에 들를 필요도 없으니 시간도 절약된다. 굳이 따지자면 맛, 가격, 시간 면에서 일석삼조인 셈이다.

요전엔 퇴근길에 단감 한 봉지와 귤 한 상자를 샀다. 내가 좋아하는 단감은 크기가 고르지 못하고 또 바람을 맞아 상처 입은 탓에 못생겼지만(내 눈엔 예쁘다) 아삭아삭해서 맛이 좋았다. 흡사 고향 시골 텃밭 감나무에서 막 따온 듯했다.

사람이나 과일이나 보이는 게 다가 아니다. 사귀어 봐야 알고 먹어 봐야 안다. 사람은 사귈수록 진국이어야 하고 음식은 씹을수록 고소하고 당기는 독특한 맛을 내는 게미가 있어

야 한다. 부디 시장통에 있는 그 과일가게가 오랫동안 번창하
길 바란다.

내 운은 내가 부른다

새해가 밝았다. 복 많이 받으라는 인사도 작은 휴대폰 안에서 온라인으로 다 이루어진다. 나이를 한 살 더 먹으니 새해 운세나 사주가 궁금하다. 마침 아침 일간지에 원영 스님의 '마음 읽기' 코너에 "좋은 운을 부르려면…"이라는 글이 실렸다. 사주, 별자리에 얽힌 이야기와 좋은 운을 부르는 방법이 쓰여 있었다.

글을 읽다 보니 오래전 일이 떠오른다. 하도 많이 뒤적여서 부풀어 올라 두꺼워진 책을 붙들고 열심히 읽던 길심 씨의 모습이 말이다. 매해 섣달그믐께나 정월이 되면 어머니는 설설 끓는 아랫목 바닥에 엎드려 뭉툭한 몽당연필을 들고 독서삼매경에 빠졌다. 토정비결을 보느라 돋보기를 끼고 무언가를 쓰며 계산하고 책장을 넘겨가며 주의 깊게 읽어 내려갔다. 당신만의 한 해를 대비하는 방책이었다. 그 후 내가 집을 떠나 살면서부터 길심 씨가 연말연시를 어떻게 보내셨을지 새삼스레 궁금해진다.

며칠 전 친구에게 전화가 왔다. 전화로 새해 운세와 사주를 보았단다. 운세나 사주 보는 것도 목소리만으로 이루어지는 시대가 되었다. 친구는 세 식구의 운세를 보았다며 나에게 세세하게 알려 주었다. 늦은 결혼에 노산으로, 거기다 직장생활까지 하며 이제야 딸아이 입시를 준비하며 몸도 마음도 힘들어진 친구. 그 친구는 가끔 운세로 점을 치며 좋은 말만 골라 듣고 힘든 시기를 보내고 있다.

친구의 말을 들으며 나도 한번 봐 볼까 생각했다. 내 마음을 읽은 친구가 전화번호를 알려줄 테니 한번 보라며 부추겼다. 전화를 끊고 나니 금세 메시지가 뜬다. 'ㅇㅇ명리' 이름과 전화번호가 적혀 있었다. 그때가 밤이었기 망정이지 그 순간의 마음 같았으면 아마 전화를 걸었을지도 모른다.

나는 무엇에 의지하고 싶었던 걸까? 어떤 말을 듣고 싶었던 걸까? 잠깐 고민하다가 잊어버리고, 결국 전화하지 않기로 했다. 군이 따지자면 거기에 들이는 돈이 아까워서 보지 않기로 한 것이다. 더 절박한 마음이 들었다면 보았을지도 모르지만 나는 절박하지 않은 마음에 감사했다.

물론 언제 또 전화를 걸지도 모른다. 운세를 보는 것이 꼭 나쁘다고 생각하지 않으니 말이다. 그러나 자꾸만 무언가에 의지하는 마음이 싫기도 하고, 또 안 좋은 운세가 나오면 뇌리에 박혀 내가 꼭 운세대로 따라갈 것만 같아 보지 않기로 했다.

사실 몇 해 전 남편이 새로운 사업을 시작하고 계속 수렁으로 빠져들 때, 내 발로 걸어서 후배와 같이 홍대 거리 어느 사주 카페에 가서 남편의 운세를 봤더랬다. 카페 원장은 남편 사업이 조금 지나면 번창하고 중국으로의 수출 길도 열릴 거라고 했다. 그 말을 듣고 카페 문을 나서는 순간 나는 구름 위라도 걷는 느낌이었다. 가장 어려웠던 순간에 들은 말이라 하늘에서 내려온 동아줄인 양 그 줄을 붙잡고 그 해를 견뎠다. 마음 한구석에서는 중국과는 그 어떤 가능성도 없어 거짓부렁인 줄 알면서도 부푼 가슴은 어쩔 수 없었다. 오래지 않아 남편 사업은 막대한 손실로 결국 접게 되었지만 그나마 버틸 힘을 얻은 것으로 만족했다.

보던 신문을 접어 밀쳐 놓고 생각난 김에 길심 씨에게 전화를 걸었다. 그리고 아주 오랜만에 올해의 토정비결은 보셨냐고 물었다.

"아이고, 퇴정걸 안 본 지가 언젠디. 언젠가부텀 영암장에 책이 안 나오드랑께. 그거 사다가 봤는디…, 보던 책은 어드로 가부렀어."

　시골 인구가 줄어들고 오일장도 쪼그라들어 어머니의 심
심풀이 재미도 사라졌다. 침 발라가며 책장을 앞뒤로 넘기며
사뭇 열심히 괘를 계산하며 토정비결을 보고 읽어 주시던 어
머니가 다 지나간 이야기인 듯 말씀하시는 걸 들으니, 그 말
속에 지금은 운세가 하나도 궁금하지 않다는 말로도 들렸다.
아버지와 돈내기 화투를 치느라 나의 물음에 아랑곳하지 않
고 정신이 팔려 있는 어머니 목소리를 들으며, 이제는 한 해
운세에도 관심 없는 어머니가 새삼 편안하게만 느껴져 기분
이 좋았다. 문득 노년에 걱정 없는, 아니 다 내려놓고 편해진
길심 씨가 부럽기도 하다.

　일가를 이루기 위해 어려움 속에서 한 줄기 희망을 찾고
자 했던 어머니 마음이 이제야 헤아려진다. 사람은 어려울 때
나 마음이 약해질 때면 누군가에게, 그 어떤 것에 의지하고
싶어진다. 하지만 결국 홀로 서는 법을 배워야 하고 혼자 감
내하고 살아가는 것이 인생이다. 잠깐 기대고 쉬었다 갈 수는
있겠지만 그뿐이다.

　원영 스님의 좋은 운을 부르는 방법은 의외로 간단하다.
그 첫째가 청소하기, 둘째가 마음 비우기, 셋째가 감사하기라
며 "결국 운을 부르는 것도 다 내 마음먹기 나름 아니겠는가."

라고 끝맺음을 한다. 나는 매사에 '감사하기' 하나만 잘해도 좋은 운이 저절로 굴러들어 올 거라 생각한다. 어느 유행가 가사처럼 내 인생은 나의 것이고, 내 운은 내가 부른다.

줄어들지 않는 장작 벼늘

온몸을 그대로 다 드러내고도 추위를 끌어안고 속으로 봄을 준비하는 겨울 산은 한없이 당당하다. 이런 겨울 산의 매력에 푹 빠져 올겨울은 산과 사랑에 빠졌다. 등산로 초입부터 잎을 다 떨군 참나무가 나를 반갑게 맞이한다. 꼭대기에 마른 나뭇 잎 몇 장을 달고 바람에 흔들리는 잔가지와 올곧은 몸통 기둥 이 모두 기다란 장작처럼 보이는 것은 왜일까. 시골집 마당에 높이 쌓인 아버지의 줄어들지 않는 장작더미가 떠오른다. 가파른 길에 가만히 서 있는 참나무가 흡사 아버지처럼 느껴지 기도 한다. 다가가자 말없이 제 몸을 내어준다. 수많은 사람들 의 손이 스쳐 간 울퉁불퉁한 참나무의 수피가 반들반들하다. 손을 옮겨 가며 참나무에 의지해 정상을 향해 올라갔다.

시골집 마당에 쌓인 아버지의 장작 벼늘(더미)은 결코 줄 어드는 법이 없다. 한겨울이 다 가도 그대로다. 한 해가 가고,

두 해가 가고, 몇 년이 지나도 결코 줄어드는 법이 없다. 퍼내도 계속 솟아나는 산골 우물물처럼 줄어들지 않는다. 아래쪽에 쌓인 장작은 세월에 묻혀 삭아가고 있다. 제 소임을 다 하기도 전에 위에 또 쌓이는 장작 때문에 매번 그들의 소임은 밀려나기 일쑤다. 이 모든 것이 미리 준비하는 아버지의 지극한 성실성 덕분이다.

아버지는 시골 마을에서 부지런하기로는 의외로 유명 인사였다. 젊었을 적 한때 밤새 술을 마시고 자전거와 함께 개울가에 뒹굴어 얼굴에 생채기를 달고 집으로 돌아오기도 하고, 잡기판에 앉아 나락 섬이나 실어 나르기도 했다. 모르는 사람이 보기엔 어쩌면 탕자로 비쳤을지 모르지만, 아수라의 밤이 지나고 아버지는 언제 그런 일이 있었냐는 듯 새벽같이 일어나 논으로 나갔다. 술과 노름과 일은 별개였다. 일에 있어서만큼은 철저했기에 오늘의 여유로운 복을 누리고 있는지도 모르겠다.

이제 팔십 중반을 넘어선 아버지는 지금도 어둠이 채 물러서기 전, 어스름 새벽에 자전거를 타고 나간다. 온 들녘을 가로지르고 온 동네를 돌다가 월출산 아래 둘레길인 기찬 묏길에선 자전거와 같이 걷는다. 이렇게 운동하지 않으면 다리는 절절거리고 발바닥은 버근버근 하다며 매일 한 시간 남짓 의식처럼 행하는 오래된 습관이다. 하루도 거르지 않는다. 요샛말로 치자면 몸이 저절로 기억하는 아버지의 모닝 루틴이 되겠다. 운동이 끝나고 집으로 돌아올 때쯤 아버지의 자전거 뒷좌석에는 버려진 나뭇가지나 통나무 땔감이 실려 있다.

집으로 가져온 땔감은 아궁이가 있는 황토집 부엌으로 바로 들이기도 하고, 톱질로 토막 내고 도끼로 쪼개서 높다란 장작더미 위에 한 더께를 더하기도 한다. 십여 년 전 딸들이 기와집이 있는 마당에 새로 지은 황토집에 아궁이를 만든 것이 탈이라면 탈이다. 구들장엔 기름보일러도 같이 설치해 불을 때지 않고도 데울 수 있지만 유명무실하다. 비상용일 뿐이다. 아버지 눈엔 땔감이 천지인데 기름을 땔 이유가 없는 것이다. 때로는 아침 자전거 여행으로 발견한 공사장 폐목을 리어카를 가지고 가서 집으로 들이기도 한다. 이렇게 마당 한쪽에 쌓아올린 장작더미는 한겨울 구들장을 뜨겁게 달구고도 절대 줄지 않는다.

오래전 추수철에 쌓아둔 나락 벼늘처럼 장작 벼늘을 올린다. 보기만 해도 마음이 흡족하신 모양이다. 《월든》에서 헨리 데이비드 소로는 "사람은 누구나 자신의 장작더미를 일종의 애정을 가지고 본다. 나는 장작더미를 창문 밖에 쌓아 놓았는데, 장작더미가 높으면 높을수록 나무할 때의 즐거운 시간들이 더 잘 회상되었다."라고 했다. 아버지는 당신의 장작더미를 보고 어떻게 느끼실까? 소로처럼 일종의 애정을 가지고 바라보실 것이다. 그래서 장작더미가 줄어들지 않도록 아궁이에 들어간 만큼 쌓고 또 쌓는다. 남쪽 지방의 일자형 기와집 추녀 아래, 툇마루 양쪽 창문 밖에도 장작벼늘이 높이 쌓여 있다. 장작더미에 가려진 집은 본연의 모양새를 잃었지만 아버지에게는 실용이 먼저다.

아버지는 초등학교 시절 다달이 내던 수업료, 즉 월사금을 내지 못해 학교에서 쫓겨나기 일쑤였다. 십 리 길을 돌아 집으로 왔다 다시 맨발로, 신발만 양손에 쥐고 학교로 향하기를 반복하다 끝내 졸업장도 받지 못하고 학교를 그만두었다. 독학으로 책을 읽고 타고난 필체가 좋았던 아버지는 군대에서 행정병으로 뽑혀 부족한 배움을 채웠고 영어의 알파벳이나마 알게 되었다고 했다.

내 어린 시절 농한기인 겨울밤이면 솜이불 속에 몸을 깊숙이 넣고 베개를 가슴에 끼우고 엎드려 밤마다 무언가를 열심히 쓰시던 아버지의 모습이 선하다. 배움이 짧은 아버지가 우리에게 보여준 것은 입으로 말하기보다 몸으로 말하는 것이었다. 부지런함과 성실함이 그것이다.

운길산 오르는 길에 뿌리째 뽑혀 넘어진 큰 참나무들이

군데군데 보인다. 아버지라면 끌고 오셨을, 불도 좋고 숯도 좋을 참나무들이 두툼한 갈색 잎을 깔고 누워 있다. 참 별일이다. 오늘따라 산에 나무들이 온통 아버지의 장작으로 보인다. 정상을 밟고 내려오는 길에도 아버지 손을 잡듯 줄지어 선 참나무에 의지해 내려왔다. 아버지가 더 많이 생각나는 날이다.

달님, 안녕하신가요?

깊은 밤 동네 산책에 나섰다. 그동안은 통 눈에 들어오지 않던 달님이 오늘따라 자꾸 나를 따라온다. 예나 지금이나 초승달이어도 반달이어도 보름달이어도 한 점 일그러짐 없는 완벽한 몸매 그대로다. 내가 바라보니 그도 나만 바라본다. 뒤돌아서서 걸으니 한없이 나를 바라보며 길잡이를 자처한다.

동네 골목은 잠든 듯 조용한데 거리의 불빛은 요란하다. 도시의 요란한 불빛 속에서도 은은하고 고요하여 그 옛날 내 고향 월출산 자락에서 보았던 달님이 틀림없다. 나는 문득 달님에게 진 빚이 생각나 발걸음을 멈추었다. 이제껏 염치도 없이 잊고 사는 빚쟁이를 그는 원망도 없이 내려다보며 미소를 띠고 있다.

40여 년 전 내가 15살, 동생이 10살 때의 일이다. 추석 이틀 전날 부모님이 명절 대목장에 다녀오셨다. 그러고는 잠깐 또 어딘가 다녀오겠다면서 나가셨는데 잠시 후 아버지가 오토바이에 치여 사고가 났다고 했다. 동네의 누군가가 이불 보따리를 가지러 와서는 아버지가 크게 다쳐 광주의 큰 병원으로 가야 한다고 했던 것이다. 내가 어렸던 탓이었을까? 아님 추석 명절이 컸던 탓일까? 그 순간에도 나는 '아, 추석을 쇨 수 없겠구나.' 하는 낭패감이 밀려왔다. 아버지가 돌아가실지도 모른다는데 어떻게 그런 철없는 생각이 들었는지…. 그 시절 추석이 시골에서 얼마나 큰 명절이었는지, 기다리고 기다리던 명절이었기에 그 해 추석은 내게 가장 무섭고도 슬픈 기억으로 남아 있다.

그날 이후 어머니는 일 년 넘게 한 번도 집에 오지 않았다. 아버지 간호에만 매달렸기에 우리에게 아무 관심도 없는 것 같았다. 아버지는 대학병원에서 큰 뇌 수술을 두 번이나 받았고, 모두들 살아나기 힘들다고 했다. 어느 날엔가 병원으로 아버지를 보러 갔다. 병원에서 본 아버지는 이미 나의 아버지가 아닌 듯했다. 빡빡 깎은 머리에는 붕대가 칭칭 감겨 있었고 얼굴은 퉁퉁 부어 있었다. 통증에 날뛰는 아버지를 침대에 묶어 놓았다. 얼마나 무서운 고통이었는지, 묶인 손목과 발목이 패여 오랫동안 흉터로 남아 있었다. 그는 딸도, 그 누구도 알아보지 못했다. 병원 복도의 비상구 유도등이 난로인 양 쪼그려 앉아 춥다고 손을 벌려 불을 쬐고 있는 그는 나의 아버지로 돌아올 수 없을 것만 같았다.

그러는 사이 들판에는 가을걷이가 한창이었다. 우리 논과 밭은 주인 일손만 기다리는데 주인은 도통 감감무소식이었다. 집성촌인 동네 친척들이 나서서 가을걷이를 도와주었다. 한동네에 살던 고모가 낮에는 고모네 일을 하고 해질녘에는 학교가 파한 나를 데리고 우리집 밭일을 도와주었다. 해가 서산 너머로 들어가고 달님이 나온 지 한참 지났지만 어둠을 헤치며 눈물을 달고서 밭도 매고 콩도 뽑고 깨도 털었다. 슬픔이 온통 나를 감싸고 있어서 힘든 줄도 몰랐다. 작대기로 깨를 터는 날엔 나에게 매달린 슬픔을 털기라도 하듯 깻대를 두들겨 팼다. 그렇게 밤늦게까지 일을 하고 집으로 돌아오는 길에는 월출산에서 올라온 달님이 소나무 가지 사이로 나를 내려다보고 있었다. 나는 달님에게 빌었다. 빌고 또 빌었다.

"달님, 병원에 계신 우리 아버지만 살려 주신다면 뭐든 다 할게요. 꼭 살려 주세요. 제발이요."

집안 마당까지 따라온 달님은 이미 하늘에 높이 떠올라 있었다. 우물가에서, 장독대에서 달님에게 수없이 빌었다. 그 즈음 달님은 내게 위로를 준 유일한 동무였고, 내 안의 작은 신이었다.

달님은 정말 내 소원을 들어 주었다. 아버지가 집으로 돌아왔다. 예전의 빛나던 눈동자를 지녔던 아버지는 아니었지만 세월이 흐르고 서서히 원래의 모습으로 돌아왔다. 아버지 환갑에는 살아난 게 기적이라며 하루 종일 온 동네가 들썩거리게 잔치도 크게 했다. 이제 팔십 중반을 넘은 아버지는 겨우내 긴 밤 어머니랑 돈내기 화투 놀이로 오늘도 아웅다웅할 것이다.

사람이란 참으로 간사하다. 그 후로 나는 달님을 까맣게 잊어버렸다. 아버지를 살려만 주시면 무엇이든 다 하겠다던 맹세도 밤하늘로 사라져 버렸다. 수십 년이 지난 이제야 새삼스레 달님께 감사드린다. '무엇이든 다 하겠다'던 맹세 속의 그 무엇은 무엇이었을까? 어린 나이였지만 아버지만 살려 주면 그 어떤 것도 다 할 수 있을 것만 같았다. 어떤 어려움도 감내할 수 있을 것 같았다. 그때 그 마음은 진심이었다. 그러나 시간이 흐르고 세월이 가면서 나는 하찮은 어려움에도 힘들어했다. 감사함을 잃고 타인을 부러워했던 적이 어디 한두 번뿐이겠는가. 사람의 욕심이란 끝이 없어 하나를 주면 둘을 바라고 또 그 이상을 바라게 된다. 그 얼마나 많은 것들을 바라기만 하고 살아왔는가.

무엇이든 하겠다는 약속을 저버린 내가 이제는 달님과의

약속을 지킬 차례다. 누군가에게 무엇을 바라는 삶 말고 누군가를 위해 내어 주는 삶을 살아야겠다. 그러나 나는 또다시 달님, 내 안의 작은 신께 염치없이 간절히 빌어 본다. 작은 것에도 늘 감사함을 잃지 않는 삶을 살 수 있도록 해달라고. 차가운 밤, 월출산 자락을 타고 올라오는 나의 그 달님이 무척이나 보고파진다.

"달님, 안녕하신가요?"

양면 거울

초저녁이었다. 시골의 길심 씨에게 전화를 했다. 한참을 발신음만 듣다가 전화를 끊으려던 순간 어머니의 목소리가 들렸다.

"엄마, 주무셨어?"

"뭘 벌써 잔다냐!"

전화기 너머로도 뾰족한 한마디가 나의 가슴에 와서 확박혔다. 한겨울 산골 마을이라 주무실 수도 있는 시간이었다. 평소 같았으면 '피곤하신가? 아버지와 불편한 일이라도 있었나?' 하고 모른 척 지나칠 수도 있었지만 그날따라 어머니가 다짜고짜 날리는 퉁명스러움을 받아들일 수 없었다. 나는 아무 말도 하지 않고 전화기만 붙잡고 있었다. 몇 초의 정적이 흐르자 딸의 기분을 알아차린 길심 씨가 사뭇 누그러진 목소리로 사위의 안부를 물었다.

내가 먼저 모르는 척 어머니의 마음을 어루만져 드렸으면 좋았을 걸, 정적이 흐르게 했다. 이 나이가 되어도 내 기분만을 생각한다. 자식이란 오직 부모가 '맑음'만을 유지하길 바라고, 부모의 '흐림'에서 오는 서운함을 감내하지 못한다. 당신의 육신을 건사하기도 힘든 늙은 어머니에게 내가 '햇살'이 되어 드리지는 못하고 늘 '맑음'만을 바라다니…. 내 마음도 금세 누그러졌다.

어머니의 목소리는 전화를 걸 때마다 다르다. 당신 몸이 편하고 아버지와 사이가 좋을 때는 목소리가 하늘로 한없이 두둥실 날아간다. 그럴 때는 나도 덩달아 목소리가 하이 톤으로 변하고 내 마음은 더 멀리 하늘을 난다. 반면 아버지와 농사일로 의견이 분분한 날이나, 아버지의 매 끼니를 챙기기 버거워 기운이 달리는 날엔 여지없이 부루퉁한 어머니의 말이 날아온다. 전화기 너머의 목소리만으로도 엄마 날씨를 알 수 있다. 들판에서 하루 종일 함께 일하고 들어와 파김치가 된 몸으로 저녁까지 준비해야 한다면 어떨까. 엄마 심정이 이해가 되고도 남는다. 어떨 때는 같은 여자로서 견딜 수 없이 측은하다. 상황을 바꿀 수도 없으니 아무쪼록 엄마 날씨가 늘 '맑음'만 유지하기를 바랄 뿐이다.

이렇게 길심 씨가 날선 말로 나를 서운하게 할 때면, 엄마

거울을 보며 내가 딸들에게 어땠는지를 돌아본다. 어머니 사랑이 담긴 농산물 택배 상자를 받을 때면 '나도 과연 엄마처럼 할 수 있을까?' 하며 엄마 거울을 들여다본다. 두 딸에 대한 길심 씨의 사랑은 지나칠 정도로 차고 넘친다. 어머니도 나도 딸만 둘이다. 그 시절 딸만 둘을 낳아 스스로 무장하고 살아온 세월 때문인지 어머니 말에는 날이 서 있을 때가 더러 있다. 하지만 말은 그래도 두 딸 잘 되기만을 바라보고 살아온 어머니의 마음을 나는 누구보다 잘 안다. 시절이 변하여 '아들'에서 놓여났지만 어머니는 아직도 가끔 재무장을 한다. 그럴 때마다 나는 어머니의 거울을 통해 나를 더 자세히 들여다본다.

딸들이 어버이날이라고 예약해 놓은 한강변 근사한 레스토랑에서 식사할 때 아이들의 거울을 통해 어머니에 대한 내 모습이 크게 보였다. 때로는 아이들이 맛있는 디저트를 사 들고 집에 들어설 때도 여지없이 그 모습이 보인다. 딸들과 저녁을 먹고 산책길에 나설 때도 쇼핑을 즐길 때도 내 모습이 보인다. 나는 어땠는가? 길심 씨는 두 딸들이 고교 시절부터 자취를 하며 줄곧 나와 살아서 이런 소소한 행복을 거의 느껴본 적이 없다.

나이를 먹고 중년의 고개를 넘으면서부터 어머니에 대한

내 모습이 나날의 삶 속에서 더욱 잘 보인다. 어리고 젊었을 때는 보이지 않던 모습이 아이들이 크고 나니 비로소 아이들의 거울을 통해 보이기 시작한 것이다. 부모는 자식의 거울이기도 하지만, 자식은 부모의 거울이기도 하다. 나는 어머니와 딸들 사이에 끼어 있는 양면 거울인 셈이다. 어머니를 통해서 아이들의 마음을 헤아려 보기도 하고 아이들을 통해서 어머니의 마음을 들여다보기도 한다.

친구들은 요즘 갱년기가 사춘기보다 힘이 세다며 가족들에게 은근히 배려를 종용한다고 한다. 나에게도 갱년기 증후군이 찾아왔다. 작은 일에도 울컥울컥 서운할 때가 있다. 어머니는 손이 거북 등딱지가 되도록 논밭에 엎디어 사느라 갱년기란 걸 알기나 했을까? 그 시절에 어느 누가 알아 주기나 했을까? 나를 보며 지금 내 나이 때의 어머니를 소환하고 그 시절의 나를 소환한다. 그때 엄마에게 어떻게 했나를 더듬어 본다. 한번도 어머니를 이해하며 따뜻한 말로 안아드리지 못했다는 죄책감이 밀려온다. 그러면서 어머니의 차가운 날 선 말에 입었던 상처에 새살이 솔솔 차오르는 것을 느낀다.

엄마와 딸은 어쩌면 가장 진한 애증의 관계일지도 모른다. 사랑하면서도 서로 그러지 말라고 원망하고, 그러다가도 돌아서면 언제 그랬느냐는 듯 '맑음'을 유지하는 사이다. 나와 아이들도 가끔 서로 가시 돋친 말로 생채기를 내기도 하지만 뒤돌아서면 사랑만 남고 미움은 금세 증발하고 만다. 그럼에도 아픈 역사가 반복되듯 모녀 관계의 애증은 반복된다. 돌이켜보면 내 마음을 가장 아프게도, 슬프게도, 기쁘게도 하는 사람은 어머니이고 아이들이다. 하지만 이쪽저쪽 소중한 양면거울이 있음에 감사하며 오늘도 이리저리 돌아보며 거울 속의 내 매무새를 다듬어 본다.

감정의 물꼬

어린 시절 한여름 장맛비가 막 쏟아지는 날이면 아버지는 찢어진 비옷을 걸치고 급히 집을 나섰다. 삽을 들고 그 빗속에 논으로 향한 것이다. 제때 물꼬를 터 주지 않으면 논둑이 무너져 벼 포기가 쓸려 내려갈 수도 있기 때문이었다. 물꼬를 살피고 돌아온 아버지의 모습은 비옷은 입으나 마나 온몸에 빗줄기가 그대로 쏟아져 내렸다. 얼굴은 빗물로 반짝거렸고 입술은 파르스름했지만 평온해 보였다. 가족을 위해 긴박하게 할 일을 마치고는 처마 밑에 쪼그리고 앉아 담배 연기를 내뿜었다. 그때의 그 모습이 아스라이 떠오른다.

억제된 감정의 분출은 가장 가까이에 있는 가족을 힘들게 할 수도 있다. 그래서 감정이 범람하고 폭발하기 전에 자연스럽게 흘러가도록 물꼬를 터 주어야 한다. 논둑이 무너져 내리기 전 물꼬를 터 주었던 아버지처럼. 쌓인 스트레스를 제

때 풀어 주지 않으면 마음의 둑이 무너지고 무너진 자리에 골이 패일 수 있다. 골이 패인 자리에는 상처와 후회가 남는다. 패인 골을 메우려면 시간이 필요하다. 호미로 막을 일을 가래로 막게 될 수도 있다. 그러니 쌓인 스트레스는 둑이 무너지기 전에 풀어야 가족에게 불똥이 튀지 않는다.

아이들을 키울 때 나는 잠으로 스트레스를 풀었다. 늦은 결혼에 노산으로 아이들 돌보기가 버거웠다. 아이들을 혼내서 마음이 아프거나, 체력이 따라 주지 않아 스트레스가 쌓일 때는 잠을 잤다. 잠깐의 쪽잠을 자고 나면 아무 일도 없었던 것처럼, 모든 것이 제자리에 있는 듯 평온이 찾아왔다. 그러던 어느 날 친구 집에서 놀다 온 작은아이에게 물었다.

"친구 엄마는 뭐 하셨어?"

"책 읽고 계시던데. 엄마는 뭐 하시냐고 하셔서 잔다고 했어. 엄마는 가끔 잘 자잖아."

아뿔싸, 딸아이의 눈에 엄마는 자주 잠을 자는 사람이었다. 딸아이의 어릴 적 기억에 잠을 자는 엄마로 남고 싶지 않았다. 그 후로 아이들이 잠들기 전에는 절대 잠을 잘 수 없었다.

그 다음부터는 스트레스 푸는 방법이 자연스레 달라졌다. 아이들 때문에 쌓인 스트레스는 남편에게 푸념하고 남편에게 쌓인 스트레스는 동생과 전화로 수다를 떨며 풀었다. 그러다 우연히 책에서 어느 문장과 마주쳤다.

"자꾸 다른 사람에게 푸념하지 말라. 내 감정의 쓰레기를 다른 사람에게 버리지 말라."

아차 싶었다. 그 문장이 나에게 메시지를 전하는 것 같았다. 지금까지 스트레스를 푸는 방법이라는 미명하에 다른 사람에게 내 감정의 쓰레기를 버리고 있었다. 내 감정의 쓰레기를 받아 주는 사람이 힘들 수 있다는 사실을 그때 비로소 깨달았다. 그 뒤로는 입을 다물기로 했다.

그러나 말로, 수다로, 푸념으로 스트레스를 풀다가 입을 닫자 가슴이 답답하고 우울해졌다. 설상가상 남편이 새로 시작한 일로 수렁에 빠져들고 있었다. 잘못 디딘 한 발을 뺄 수 없어 두 발이, 아니 온몸이 점점 깊이를 알 수 없는 수렁으로 빨려 들어가고 있었다. 남편에게 던져 줄 동아줄은 없고, 같이 수렁에 빠지는 수밖에 없었다. 수렁에서 빠져나올 방법에 대한 생각 차이로 수없이 싸웠다. 수렁에서 허우적거리며 여기저기 걸린 빚 때문에 오랫동안 살던 집을 팔았다. 좁고 낡은 집으로 이사하고서 나의 스트레스가 범람하고 있었다. 언제 마음의 둑이 무너질지 몰랐다.

빨리 비옷을 입고 아버지처럼 논으로 가야만 했다. 범람 직전에는 물꼬만 트는 게 아니라 과감하게 논둑을 잘라내어 물꼬를 만들어 주어야 한다. 내 감정의 물꼬를 트는 방법으로 넷플릭스 드라마 〈빨간 머리 앤〉 시즌 1을 보기 시작됐다. 내가 가장 좋아하는 책 속 주인공을 만화도 아니고 책도 아니고 실제 같은 인물로 만났다. 내가 상상해 왔던 그대로의 앤의 외모와 에이번리의 자연, 초록 지붕 집에 빠졌다. 앤을 보며 낭만을 찾았다. 앤을 좋아하던 학창 시절의 나를 만났다. 힘이 났다. 일을 하고 돌아와 몇 편씩 한꺼번에 봤다. 소위 정주행을 했다. 한 편만 더, 한 편만 더 하다가 거의 꼴딱 밤을 새우기도 했다. 집안일도 작파했다. 규칙적으로 자고 일어나는 50대 아줌마의 소소한 일탈이었다.

이런 소소한 일이 범람 직전의 감정의 물꼬를 터 주었고, 쌓여만 가던 스트레스가 풀렸다. 그때부터 나의 스트레스 푸는 방법은 가끔씩 좋아하는 드라마 보기가 되었다. 물론 〈빨간 머리 앤〉 시즌 1, 2, 3은 다 봤다. 드라마는 오직 내 취향에 맞는 것을 골라야 한다. 그리고 혼자 봐야 한다. 식구들이 모두 잠든 밤이나 아무도 없는 날 혼자서 보는 것이다. 푹 빠져서 몇 시간을 보고 나면 나는 다른 나라에 여행이라도 다녀온 듯 스트레스가 풀린다. 글쓰기를 시작하면서부터는 작가나 출판사 관련 드라마가 재미있다. 〈로맨스는 별책부록〉, 〈멜로

가 체질〉, 최근에는 〈식샤를 합시다〉를 봤다.

　　가끔 드라마를 몰아 보고 나면 낭만이 찾아든다. 감정의 물꼬가 트이고 마음이 촉촉해지는 날이면, 처마 밑에 쪼그려 앉아 담배 연기를 내뿜던 젊은 날의 아버지 모습이 떠오른다. 그러고는 가슴이 따스해진다.

빚진 자리

겨울 산행을 위해 연이틀 같은 지하철을 탔을 때 일이다. 친구와 약속한 시간에 늦을까 봐 집을 나서는 순간부터 뛰었던 터라 전철을 타자마자 자리를 찾아 두리번거렸다. 몇 정거장 지나서 자리가 생겨 얼른 앉았다. 그러고는 앉자마자 핸드폰을 꺼내 들었다.

　바로 그때 한 어르신이 자리를 찾아 이리저리 살피며 앞을 지나갔다. 아무도 일어서지 않았다. 기관사실 바로 다음 칸이라 경로석도 없었다. 옆으로 고개를 돌려 흘깃 보니 그 어르신이 출입문 바로 옆 기둥에 기대어 서 있었다. 뒤돌아선 어르신의 성긴 머리카락 사이로 머릿속이 훤히 보였다. 구불구불한 갈색 파마머리 아래 흰머리가 염색의 시간이 많이 지났다는 것을 알려 주었다. 순간 어머니의 모습이 떠올랐다. 시골에 계신 친정어머니의 머릿속과 다르지 않았다. 바로 벌떡 일어서지 못해서 자리가 바늘방석이었다.

다행히 어르신이 금세 돌아서 내 좌석 앞쪽으로 걸어오시기에 얼른 일어섰다. 내가 내릴 때가 되어 일어섰다고 생각하신 듯, 어르신이 당연히 내 자리에 앉았다. 나는 어르신 앞에 그대로 서 있다가 다음 역에서 사람들이 내리면서 맞은편에 어르신과 마주 앉게 되었다. 그 어르신이 나에게 감사하다는 듯 따스한 눈웃음을 보냈다. 우리는 눈으로 말없이 인사를 나누었다. 코로나 시절 마스크로 얼굴이 다 가려져 있지만 눈만으로도 표정을 읽을 수 있었다. 어머니를 본 듯 뭉클한 기운이 올라왔다.

길심 씨는 굽은 허리로, 늘 시골 군내버스를 타고 읍내에 장을 보러 다닌다. 추곡수매 공판장 가는 경운기에서 떨어지는 사고와 빙판에서의 낙상 등으로 어머니는 일찍부터 허리가 굽었다. 아니, 농사일만 덜했어도 그리되지는 않았을 것이다. 간혹 어머니는 자식들이 차를 갖고 고향집에 들르면 그 기동력에 흡족해하시며 없는 일도 만들어 어디든 가자고 하신다.

그런 어머니가 버스를 탈 때 누군가 자리를 양보해 주길 나는 간절히 바란다. 이런 마음이 있으니 나는 늘 다른 어르신들에게 무조건 자리를 양보해야 하는 빚을 진 셈이다. 그렇지 않더라도 연로한 어르신에게 자리를 양보하는 일은 당연하지만 말이다. 요즘에는 시골 버스가 더 텅텅 빈다고 하지만 그런 마음을 갖고 있는 한 나는 늘 빚이 있는 셈이니 무조건 갚아야 하는 것이다.

다음 날도 같은 시간에 지하철을 탔다. 빈자리가 없어 선 채로 휴대폰을 보는데 한 어르신이 자리를 찾다가 바로 내 옆에 섰다. 자리에 앉아 있는 사람들 모두 각자 바쁜 듯 양보하는 이가 없다. 몇 정거장 지나서 내가 선 뒤편에 자리가 생겨 얼른 어르신에게 눈짓으로 자리를 가리켜 앉게 해드렸다. 그러고 나는 몇 정거장을 더 서서 갔다.

그런데 갑자기 누군가 내 옷자락을 잡아당기는 게 느껴졌다. 돌아보니 당신 옆에 자리가 났다고 그 어르신이 손짓을 하셨다. 어르신 바로 옆자리에 앉게 되었다. 그분은 자리를 양보한 사람이 계속 서서 가면 마음이 불편하다고 하셨다. 그러고는 몇 정거장 더 가서 좋은 하루 되라는 말과 함께 고개를 숙이며 일어섰다. 나도 어정쩡 일어서 고개를 숙였다.

봉사도, 양보도 누군가를 위한 일 같지만 사실은 나를 위한 것인지 모른다. 나는 자리를 양보하며 길심 씨를 생각했고, 속으로는 혼자서 나 스스로를 조금은 추켜세웠다. 그리고 혼자 뿌듯한 마음에 취해 어르신의 불편한 마음을 헤아리지 못

하고 그 자리에 그대로 서 있었던 것이다. 연이틀 그 자리에 당당히 서 있던 내가 부끄러워진다.

봉사도, 양보도 나를 드러내지 않아야 한다. 사전적 의미로 양보는 '길이나 자리, 물건 따위를 사양하여 남에게 미루어 줌'이고, 배려는 '도와주거나 보살펴 주려고 마음을 씀'이다. 받는 사람에게 불편함을 주었다면 배려 없는 양보가 될 수도 있음을 깨닫는다. 몸이 불편한 것보다 마음 불편한 것이 더 힘들 테니 말이다. 진정한 양보는 그것을 받은 사람이 불편하지 않게 배려까지 포함하는 것이 아닐까.

길심 씨의 음식 여행

요리랄 것도 없지만 아무나 할 수 없는 요리

언젠가 TV 채널을 돌리다 깜짝 놀라 채널을 고정시켰다. 〈아내의 맛〉에 출연한 배우의 중국인 시어머니가 수산시장 수족관에서 맨손으로 장어를 들어 올렸다. 집에서는 잉어 요리를 위해 손톱으로 비늘을 박박 긁어낸다. 그에 반해 그녀의 시아버지는 낙지 한 마리를 어쩌지 못해 진저리 치며 계속 손가락으로 건드리기만 할 뿐이었다. 순간 나의 어머니와 아버지 모습이 바로 눈앞에 선히 보이는 듯했다.

길심 씨도 해산물 손질의 대가이다. 낙지탕탕이도 생선회도 다 길심 씨 손에서 태어난다. 내가 어릴 적엔 닭을 잡는 것도, 오리를 잡는 것도 모두 다 어머니 몫이었다. 아버지는 어쩌다가 생색내며 숫돌에 칼이라도 갈아 주면 다행이었다. 아버지는 낙지뿐 아니라 어떤 생선도 다루어 본 적이 없다. 보는 것도 싫어 드실 때만 나타난다. 나는 그런 거 못 한다고 손사래를 치며 웃음으로 얼버무리고 내빼버리는 아버지는 고수다. 평생 남편 위해, 자식 위해 도마 위에서 낙지를 탕탕거리는 길심 씨는 하수다. 아니 진정한 고수일지도 모른다.

길심 씨는 딸, 사위, 손주들이 내려오는 날엔 무조건 통과 의례처럼 낙지탕탕이를 해 먹이려고 한다. 우리가 마당에 들어서기가 무섭게 재촉한다.

"어이, 황 서방! 독천장으로 낙지 사러 가세."

그러면 나의 남편, 큰사위 황 서방이 성수 씨에게 묻는다.

"아버님도 같이 가시죠?"

"그럴까?"

아버지는 못 이기는 척하며 얼른 옷을 입고 나선다.

시골집에서 차로 20~30분 거리에 있는 영암군 학산면 독천리에는 독천장이라는 상설 시장이 있고, 오일장이 열리기도 한다. 영산강 하구언이 생기기 전에는 세발낙지가 유명했던 곳이다. 지금은 낙지음식명소거리가 생겨 낙지 음식을 맛볼 수 있는 식당이 많다. 식당이 많지만 우리는 이곳 식당에서 낙지요리를 먹은 적이 없다. 길심 씨 단골 집에서 산낙지를 사서 집으로 오곤 했다.

"낙지다리 다 달린 놈으로 주쇼, 잉!"

가격 흥정도 길심 씨 몫이다. 우리는 아버지랑 구경만 한다. 낙지집 주인은 투명한 비닐봉지에 바닷물을 담고는 커다란 고무대야에서 낙지를 잡아넣는다. 그리고 비닐봉지에 산소도 칙칙 뿜어 주입하고 주둥이를 묶고는 다시 검정 비닐봉지에 담아 준다.

우리는 독천이 가까워 어려서부터 낙지탕탕이를 자주 먹곤 했다. 나는 낙지요리라면 오로지 낙지탕탕이만 있는 줄 알았는데 낙지호롱이, 낙지 연포탕, 낙지볶음, 갈낙탕 등이 있다는 사실을 나중에 알았다. 낙지탕탕이는 산낙지를 먹기 좋게 잘라 회로 먹는 요리다. 길심 씨의 낙지요리는 예나 지금이나 무조건 탕탕이다. 산낙지를 칼로 탕탕 내리쳐 만든다 하여 '낙지탕탕이'라 이름 붙여졌다니, 재밌기도 하지만 왠지 잔인하기도 하다.

혹자는 낙지탕탕이가 무슨 요리냐 되냐고 할지 모른다. 하지만 아무나 할 수 있는 요리가 아니다. 우리 집에서는 길심 씨만 할 수 있는 요리다. 검정 비닐봉지를 거실 한가운데 놓아두고는 칼, 도마, 참기름, 참깨, 물 한 바가지를 준비한다. 이제 낙지탕탕이 요리를 시작한다. 거실 바닥에 자리를 잡고 앉아 비닐봉지에서 낙지를 한 마리씩 꺼내 물로 한번 헹구고는 한 손으로 낙지머리를 잡고 다른 한 손으로 위에서 아래로 쭉 훑어 내린다. 8개의 낙지다리가 흐느적흐느적 춤을 춘다.

춤추는 낙지를 도마 위에 내려놓고 탕탕탕탕 난도질을 한다. 낙지는 잘리고도 토막 난 다리로 도마 밖으로 나간다. 길심 씨의 손과 칼에 의해 다시 잡혀와 난도질을 당한다.

그사이 우리는 상에 둘러앉아 젓가락을 들고 먹을 준비를 한다. 난도질당한 낙지들을 오목한 접시에 올리고 갓 짜온 참기름을 듬뿍 붓는다. 거기에 통참깨는 손으로 쓱쓱 비벼 뿌려 준다. 이러면 낙지탕탕이 완성이다. 길심 씨는 열심히 탕탕거리고 우리는 열심히 먹는다. 낙지는 참기름과 참깨에 비벼지고도 접시 밖으로 나간다. 그놈을 접시 안으로 부지런히 끌어들이며 연신 입으로 가져간다. 입안에서도 꿈틀거리고 입천장에 들러붙기도 한다.

길심 씨의 낙지탕탕이는 신선한 재료에 자식에게는 더 좋은 것을 더 많이 먹이고 싶은 마음이 합쳐졌으니 맛이 없으면 이상한 일이다. 노란 참기름을 뒤집어 쓴 반들반들 토막 난 낙지들이 오도독 씹히는 맛과, 씹히는 듯 안 씹히는 듯 씹히는 참깨와 고소한 냄새가 진동하는 참기름이 합해져 그 맛은 두 말 하면 잔소리다. 징그럽다고 도망가던 손주들도 고소한 참기름 냄새에 홀려서 슬쩍 맛만 보겠다더니 이제는 그 맛에 빠져 안 불러도 달려든다. 젓가락을 놓고 둘러앉은 식구들 입은 참기름 립스틱이라도 바른 듯 모두 번들번들하다. 자식,

사위, 손주들의 얼굴을 둘러보는 길심 씨의 입이 귀에 걸린다.

지쳐 쓰러져가는 싸움소에게 3~4마리만 먹이면 벌떡 일어난다는 낙지를 먹고 우리는 싸움소처럼 벌떡 일어나 도회지의 일상으로 돌아온다. 그러고는 다시 지쳐 쓰러져 갈 즈음 길심 씨의 낙지탕탕이를 또 먹으러 간다.

남아나지 않는 술

"내가 엄마 닮아 그렇구만."

빨갛게 좁쌀처럼 올라온 피부발진 때문에 피부과에 다녀온 딸이 말했다.

그동안 너무 무심했나 싶어 열 일 제치고 딸과 함께 병원에 다녀온 것이다. 작은딸 아이 얼굴을 살펴보던 의사 선생님이 단박에 여드름이 아니고 홍조를 동반한 '주사'라고 병명을 알려 준다. 책을 펼쳐 여드름과 주사의 차이를 설명하며 진행단계까지 알려 주고는 당분간 술을 먹지 말라고 주의를 주었다. 술을 먹으면 홍조가 더 올라와 주사가 더 심해질 거라고 했다.

간 김에 나도 얼굴에 생긴 작은 검은 점을 치료하겠다고하니 내 얼굴 한쪽에 얇게 드러난 실핏줄을 보며 홍조가 심했을 거라고 했다. 집으로 돌아와 딸이 한 말을 삼켜보니 변명이 궁색해진다. 나를 더 거슬러 올라가 결혼하고도 여드름이 심했다던 아버지, 피부가 얇아서 얼굴에 실핏줄이 드러난 어머니와 외삼촌, 이모까지 생각난다. 홍조가 심한 사람은 술을 피해야 하지만, 나는 주량이 많지는 않아도 즐기는 편이고 대학생이 된 딸과 가끔 술 한 잔쯤 대수롭지 않게 마셨으니 조금 찔리기도 한다.

술에 관해서라면 아버지 어머니의 영향이 크다고도 할 수 있다. 아버지는 젊어서부터 술을 매우 좋아하셨다. 술 때문에 어머니는 평생 가시밭길이었다. 주사가 심했던 아버지는 술이 깰 때까지 끊임없이 말씀으로 해장을 했다. 때로는 집에 살림이 와장창 부서지며 어머니와 나, 여동생이 뒤란으로 피신을 가야 했던 적도 있었다. 지금이야 팔순 중반 고개를 넘었고, 술을 끊은 지도 오래되었다.

그렇게 술주정이 심한 남편을 두고도 길심 씨는 집에서 과일로도, 꽃으로도, 오가피, 인삼이며 더덕으로 온갖 술을 다 담가서는 골방에 숨겨 놓았다. 그러면 사람 좋아하고 나눠먹기 즐기던 아버지가 귀신같이 술을 찾아내서는 동네 사람들을 불러 바닥내 버리곤 했다. 집안의 술이 다 떨어지면 도가에 가서 막걸리를 사 오게 했다. 동생도 나도 퍽이나 술심부름도 많이 하고 술상도 많이 차렸다.

우리는 자전거 타기를 일찍 배워 초등학교 때부터 선수처럼 잘 탔다. 아버지 자전거를 타고 한 손에는 막걸리가 가득 든 두 되짜리 노란 양은 주전자를 들고, 한 손으로만 운전대를 잡고 술심부름을 했다. 중학교 때까지는 그럭저럭 괜찮았지만, 고등학교를 다니면서는 읍내에서 자취할 때인데도 주말에 집에 오면 간혹 술심부름을 할 때가 있었다. 그럴 땐 창피해서 아버지가 진짜 싫었다. 만약 길심 씨가 자전거를 탈 줄 알았다면 술심부름도 어머니 몫이 되었을지 모른다. 이렇게 딸내미가 자전거를 타고 술심부름을 나설 때면 길심 씨는 부지깽이로 아궁이에 불을 밀어 넣으며 자조 섞인 혼잣말을 했다.

"으이고, 내가 뭣 헐라고…."

그렇게 시작되는 길심 씨의 구시렁거리는 소리는 한참이나 계속되었다. 어머니는 남편이 술 마시는 건 지긋지긋하게 싫어하면서 왜 늘 집안 곳곳에 술을 담가 숨겨 놓았을까. 나로서는 지금도 이해가 안 가지만 아마도 지극한 남편사랑 때문은 아니었을까 싶다. 지금도 아버지의 작은 미소에 입 꼬리가 크게 올라가는 걸 보면 말이다.

나와 동생이 결혼을 하고 사위들이 집에 오면 아버지는 늘 술을 권했다. 사위들이 술을 못 마시는 축에 들지 않는데도 "아이고, 우리 사우들은 참말로 술을 못 마신당께." 하며 술잔이 비기가 무섭게 채우곤 했다. 사위들이 연신 마시지만 아버지는 자꾸만 잔을 채워 주고 더 마시길 채근했다. 술이 보약이라도 된 듯.

지금 생각하면 자식들과 둘러앉아 정담을 나누며 알근하게 취기가 오르는 사이 흉허물이 없어지는 대화를 즐기고자 함이었으리라 짐작해 본다. 아버지는 술을 마시는 동안 평소에 비해 말씀이 많아지고 호탕해지고 얼굴이 벌겋게 꽃처럼 피어올랐다. 어영부영 어머니가 담가 놓은 술이 바닥을 보이고서야 아버지의 술 권유는 끝이 났다. 그때는 계속 사위들한테 술을 먹이는 아버지가 싫었지만 지나고 보니 그 시절이 아버지의 전성기였다.

술을 그렇게 즐기시던 아버지였지만 건강상 문제가 있을 때마다 무 자르듯 술을 단번에 끊어 버리고는 했다. 그런 아버지를 보면서 동네 사람들은 고개를 절레절레 흔들었다. 술 중독자라도 된 것처럼 마시던 사람이 술을 단번에 끊기가 어디 쉬운가. 칠십 중반을 넘어 가면서 일절 술을 끊어버린 지금은 이빨 빠진 호랑이가 되었다. 식구들이 모두 모여도 식사가 끝나면 슬그머니 안방으로 들어가 홀로 TV와 마주한다.

술은 과하면 문제가 되지만 관계를 연결하는 도구가 되

기도 한다. 아버지가 술을 마시는 게 그렇게도 싫었는데, 가끔 자신감 넘치고 호탕하던 아버지의 모습이 그립기도 하다. 인간사는 참으로 아이러니다. 내가 아버지의 그런 모습을 그리워하다니…. 남아나지 않는 술 때문에 그 고생을 했으면서도 길심 씨가 여전히 사시사철 술을 담그는 것도 같은 이유일까? 과유불급이라지만 남아나지 않을 때, 도가 넘칠 때가 전성기일 수도 있다.

　　엄마를 닮아 얼굴에 꽃이 피었다고 타박하는 딸아! 너도 나중에 뒤돌아보면 얼굴에 꽃이 필 때, 지금이 좋은 때일 수도 있단다.

밥도둑보다 더한 도둑

간혹 집에서 혼밥을 할 때가 있다. 그런데 나만을 위해 무언가를 준비하기는 귀찮다. 이럴 때는 어쩔 수 없이 냉장고 문을 열어 이리저리 살피게 된다. 반드시 냉장고 어딘가에 늘 그녀의 음식이 들어 있기 때문이다. 마침 구석에 박혀 있는 작은 병 하나를 발견했다. 밥도둑이 따로 숨어 있었다.

순간 가슴이 철렁했다. 이 아까운 것을 잊어버리고 홀대했다는 생각에 단박에 그녀 얼굴이 떠오른다. 그녀, 길심 씨의 수고로움과 정성을 알기 때문이다. 토하젓, 이것은 적당한 반찬이 없을 때, 입맛이 없을 때, 소화가 잘 안 될 때 요긴한 반찬이다. 안쪽에 열무김치도 남아 있다. 옳거니, 이 둘은 먹어 보나 마나 환상 궁합이다. 비벼 먹을 요량으로 참기름도 꺼냈다. 밥을 퍼서 식탁에 앉아 가만히 보니 모두 길심 씨 표 반찬들이다.

밥도둑으로 두둑이 배를 채우고 나니 비로소 그날의 일이 어제 일처럼 스쳐 지나간다. 몇 해 전 길심 씨를 따라 고향 마을 범굴샘 저수지에 간 적이 있다. 그 저수지에는 우리 마을을 굽어보는 월출산 자락에서 골짜기 물이 흘러와 모여든다. 집의 고샅길을 빠져나와 오른쪽으로 잠시 미끈한 아스팔트를 지나니 풀이 무성하고 아스팔트가 울퉁불퉁 파인 길이 나온다. 그 길은 예전에 내가 알던 길이 아니었다. 마을 들녘 등가래 아래로 큰 길이 새로 나면서 인적조차 드문 길이 되었다. 지금은 그 아래로 더 넓은 길이 생겨 그 길 또한 옛길이 되어버렸다.

두 개의 길이 새로 나는 동안 이 길은 좁아지고 파이고 있었다. 나의 중고교 시절만 해도 하루에도 몇 차례나 버스, 큰 트럭, 스쿨버스 등 온갖 차량들이 분주히 다니던 길이었다. 길이 좁아진 것인지 내가 커진 것인지, 길 양옆에는 오래되어 낡은 아스팔트에까지 풀들이 영역을 넓히고 있었다. 가로수가 터널을 이루었다. 〈빨간 머리 앤〉에 나오는 길처럼 느껴졌다. 앤이라면 분명 근사한 이름을 붙여 주었을 텐데 나는 도무지 적당한 이름이 떠오르지 않았다.

범굴샘을 지나고 길에서 벗어나 산으로 접어들었다. 산을 걸어 둑으로 올라가니 저수지가 한눈에 들어왔다. 그 옛날 내가 알던 커다란 저수지는 어디 갔을까? 넘실거리던 물은 또 어디로 갔는가? 앙상하게 드러난 나무뿌리들이 가장자리에 붙어서 그 계절의 강수량을 이야기하고 있었다. 도시의 빌딩 숲에서는 가뭄을 모른다지만 골짜기 숲 아래 저수지는 몸으로 갈증을 말해 주고 있었다. 우리 아이들이 어릴 때만 해도 보트에 줄을 매어 띄우고 놀던 곳인데….

수문을 끼고 돌아 저수지 가장자리 아래로 내려갔다. 지나쳐 왔던 산의 둥근 무덤처럼 굽은 허리로 길심 씨가 익숙하게 앞장섰다. 그녀만의 비밀 장소이니 그럴 수밖에. 나는 더듬더듬 따라갔다. 으슥한 곳이라 미덥지 않았던지 한참 후에 아버지도 뒤따라왔다.

바닥 흙이 드러난 저수지 가장자리에 앉아 어머니는 허벅지까지 오는 장화를 신고 고무줄로 허벅지를 꽉 묶어 단단히 무장을 했다. 그러고는 뜰채를 들었다. 나뭇가지를 불에 달구어 묶어두었다가 모양새를 잡고 거기에 그물망을 대어 손수 만드신 것이다. 타원형의 기다란 손잡이가 있는 세상에 하나밖에 없는 길심 씨만의 뜰채다.

나는 양동이를 들고 뒤를 따랐다. 길심 씨는 나뭇잎이 쌓인 저수지 가장자리 물가 풀숲에 뜰채를 넣고 더듬어 들어 올렸다. 검불 속에서 무언가가 호도독호도독 튀어 올랐다. 작은 새우, 토하(土蝦)였다. 토하는 오염되지 않은 계곡이나 연못, 저수지 등에서도 1급수에서만 서식한다. 전라도 사투리로 일명 "또랑 새비"다. 일반 민물새우와는 조금 다르게 흑갈색이다. 토하가 다시 물속으로 들어가고 싶다는 듯 튀어 오르며, 그야말로 난리를 쳤다. 하지만 우리의 용감한 길심 씨에게 걸린 이상 다시 돌아갈 수는 없다. 길심 씨가 새우를 물이 든 양동이에 잡아 담고 뜰채는 돌부리에 '탁' 소리 나게 내려쳐서 검불과 이물질을 털어냈다.

그런데 뜰채를 더듬어 올릴 때마다 토하가 잡히는 건 아니었다. 수없는 더듬이질을 하고 건져 올려 한 마리, 두 마리 모아서 밥도둑을 만들었다니 순간 정신이 아득해지고 경건해지기까지 했다.

"엄마, 그란디 이렇게 한 마리, 두 마리씩밖에 안 나와?"

"그라제. 안 나올 때도 많제. 뭣이 쉬운 것이 있간디."

앉아서 받아만 먹을 때는 몰랐다, 이 일이 이렇게 고된 일인지. 길심 씨가 저수지를 한 바퀴 돌았지만, 숱한 수고에도 새우는 고작 한 종지도 되지 않았다.

그렇게 여러 번의 저수지 나들이 끝에 잡은 새우는 소금에 절여 모아 두었다가 찹쌀밥, 생강, 마늘, 다진 파, 고춧가루, 깨소금 등 갖은양념을 하여 토하젓을 만든다. 4~5일 정도 삭히면 찹쌀밥 알갱이가 사라지며 맛있는 귀한 밥도둑이 된다.

어려서부터 토하젓이 밥상에 올라왔지만, 그때는 그 맛을 몰랐다. 결혼하고 나이가 들면서 그 진가를 알게 되었다. 어느 날 길심 씨가 먹는 방식대로 먹어보았다. 토하젓으로 비빈 밥 한 숟가락에 그녀가 직접 기른 재콩나물 무침을 얹어 먹으니 그 맛은 밥을 부르는 천상의 맛이었다. 젓갈류는 아예 입에 대지도 않던 남편도 토하젓만은 예외다. 절대 먹지 않던 음식도 누군가 맛있게 먹는 걸 보면 더러 시도해 보는데, 남편도 길심 씨와 나, 동생이 맛있게 먹는 걸 보면서 먹기 시작했다. 그리하여 이제는 토하젓 맛을 아는 영암 사람이 다 되었다.

자식이란 참 이기적인 존재다. 배가 부르니 어미 생각을 한다. 늘 내가 우선이다. 냉장고에 있는 야채와 반찬, 다용도실의 쌀과 콩, 양파 등 시골 양가에서 보내온 것들 천지다. 싹싹 비벼 먹은 그릇을 설거지하며, 감사에 무감각해져 밥도둑보다 더한 도둑이 되어버린 내 마음도 박박 씻어낸다.

잔칫상의 주인공은 누구?

딸아이와 영화 〈자산어보〉를 보았다. 오랜만에 보는 흑백영화라 잠시 답답하기도 했지만 금세 그 아련한 묘미에 빠졌다. 목포, 나주, 영산포와 가까운 영암에 살았던 나로서는 배우들의 사투리 묘사가 보는 내내 흥미로웠다. 더불어 가거댁(이정은 분)이 흑산도 생물 홍어를 손질해 정약전(설경구 분)에게 대접하는 장면에서는 나도 모르게 한 입 먹고 싶어 침이 꼴깍 넘어갔다. 생물 홍어를 먹어 본 기억이 없는데도 말이다. 창대(변요한 분)가 까칠한 듯 구수한 사투리를 장착하고 칼을 들고 가오리에 관해 설명하는 장면에서는 길심 씨가 샘가에 앉아 홍어를 손질하던 아주 오래된 장면이 살아나 겹쳐 보였다. 길심 씨도 가거댁, 창대 못지않은 해산물 손질의 대가가 아니던가.

　　길심 씨는 잔칫날이면 삭힌 홍어를 독아지(항아리)에서 꺼내 꿰차고 앉아 회를 떴다. 홍어는 내 고향 영암에서는 잔치 때면 빼놓을 수 없는 음식이었다. 동네 당숙모들이 모여 앉아 잔치 음식을 만들었는데, 이날 주인공은 당연히 홍어였다. 공 들인 다른 음식이 있어도 그것들은 조연일 뿐이었다. 나는 마당 덕석(멍석) 위에 놓인 여러 개의 상마다 돌아가며 홍어, 삶은 돼지고기, 김치, 나물, 떡 등을 날랐다. 잔칫상에는 홍어 무침이 아니라 홍어를 얇게 나박나박 썰어서 초장과 함께 내었다. 홍어가 빠지면 다른 음식을 아무리 잘 차려 내도 잘 먹었다는 소리는 절대 듣지 못했다. 막걸리 한 잔에 홍어를 초장에 푹 찍어 입에 넣은 어른들 입에서는 홍어 맛에 대한 평가가 한없이 오르내렸다. 상차림이 조금 소홀해도 홍어가 잘 삭혀져 맛이 있으면 그날의 잔칫상은 성공이었다. 그 집 음식 잘 차렸다고, 잘 먹었다고 여러 날을 두고 동네에 말이 둥둥 떠돌아다녔다. 잘 삭힌 홍어에서 뿜어져 나오는 암모니아 냄새처럼.

25년 전 서울에서 직장에 다니던 나는 익산이 고향인 남자와 결혼을 했다. 그때도 길심 씨는 잔치를 앞두고 목포에서 흑산도 홍어를 사다가 싸 온 갈색 종이 포대 그대로 항아리에 넣고 지푸라기를 넣어서 삭혔으리라. 내가 시골집에 없어서 보지는 못했지만 당연히 그랬으리라 짐작한다. 그 당시 남편도 나도 서울에서 직장생활을 했지만, 결혼식을 어디서 올릴 것인가가 문제였다. 서울에서 치른다면 양가 모두 버스를 대절하여 상경해야 할 것인데, 굳이 그럴 것 없이 한쪽이라도 경비를 절약하는 차원에서 시댁이 있는 익산에서 결혼식을 치렀다. 길심 씨는 며칠 전부터 피로연에 차릴 음식을 준비하여 대절한 버스에 싣고 결혼식장으로 왔다.

지금이야 피로연 음식을 식당에서 맞추지만 그때는 대부분 집에서 준비하여 차려 냈다. 특히 우리 고향에서는 그랬다. 어머니가 준비해온 음식이 무엇이었는지 잘 기억나지 않지만 딱 한 가지만 생각난다. 서울에서 오신 직장 상사, 동료들의 입을 통해서 홍어가 진짜 맛있었다는 뒷이야기를 들었기 때문이다. 전라도가 고향인 분들은 더더욱 맛있어 했다는 말을 전해 들었다. 그도 그럴 것이 큰딸 결혼식이라고 어머니가 흑산도 홍어를 사다가 삭혀 낸 것이었으니 말해 무엇 하랴.

그 시절에 시골에서 먹던 홍어는 모두 목포에서 사 온 흑산도 홍어였다. 그러나 사실 그때는 홍어 맛을 잘 몰랐다. 홍어삼합도 나중에 서울에 살면서 알게 되었다. 지금처럼 그때도 홍어 맛을 알았다면 진짜 흑산도 홍어를 많이 먹었을 텐데 하는 아쉬움이 남는다.

결혼식 날 어머니는 피로연 음식 외에도 시댁에 드릴 이

바지 음식을 버스에 싣고 왔다. 그 이바지 음식은 커다란 흑산도 홍어 한 마리, 참외 한 상자, 떡 두 석작(대나무로 만든 뚜껑 있는 바구니) 등이었다고 한다. 나중에 들은 이야기지만 이날 이바지 음식을 받은 시댁에서는 홍어를 손질할 사람도 없고 당일 피로연에서 잔치를 끝낸 셈이라 마을회관에 커다란 흑산도 홍어 한 마리를 통째로 털썩 내놓았다고 들었다. 그러니 시댁 식구들은 귀한 홍어 한 점 맛도 못 본 셈이다. 그 이야기를 듣고 길심 씨의 정성이 헛된 것 같아 서운하기도 하고 속상하기도 했다.

내 고향 영암에는 영산강 하굿둑을 막아 간척지가 생기기 전에는 낙지, 숭어, 짱뚱어, 맛조개, 대갱이 등 많은 해산물이 나왔다. 우리 동네는 바다와 거리가 있어 농사만 지었지만 먼 아랫마을에서는 해산물을 잡아, 이른 아침부터 고무대야를 머리에 이고 이집 저집 맛조개, 돌게, 생선 등을 팔러 다니는 아짐들이 많았다. 무슨 해산물이든 풍부하고 다 맛있던 시절이었다.

반면 익산은 어떤가? 나의 시댁은 행정구역상 익산시에 속하지만 예전에는 함열읍이었다. 함열읍은 비옥하고 광활한 농경지를 보유한 평야 지대라 해산물을 많이 접해 보지 못했으니 홍어가 이바지로 들어왔어도 시큰둥했을 게 당연하다.

우리 고향에서 귀한 대접받던 홍어가 시댁에서는 대접을 못 받았으니, 각 지방의 특성이 있는 걸 어이하겠나.

아버지는 홍어도 좋아하지만, 연세 들어가면서 가오리(간재미)회무침을 더 좋아한다. 그래서 길심 씨가 영암 오일장에 간재미 1~2마리 사다가 뼈째 썰어 막걸리 식초로 맛을 낸다. 부엌 아궁이 부뚜막에 올려둔 큰 소주병에 들어 있는 식초를 넣어야만 제맛이 난다고 길심 씨는 말한다. 아궁이에 불을 지펴 밥하거나 구들장을 데울 때 보면 늘 부뚜막에 그 소주병이 자리하고 있었다. 집에서 막걸리를 빚으면서 거르기 전의 술을 넣어 식초를 만들었는데, 이때 식초를 담은 병이었다. 따뜻한 부뚜막에 있어야 발효가 잘되어 그리했을 것이다. 그 병의 주둥이에는 솔잎 꽁지가 꽂혀 있었다. 공기가 통해야 식초가 익어가기 때문이다. 부뚜막에서 익어간 막걸리 식초를 넣고 길심 씨의 손맛으로 빠락빠락 주물러 만든 간재미회무침이 어찌 맛이 없겠는가. 샘가 물이 흐르는 텃밭의 한 귀퉁이 미나리꽝에서 뜯은 미나리가 간재미회무침의 조연이 되기도 하고, 두툼하게 채 썬 무가 또 다른 조연이 되기도 했다.

지난해 인천의 연안부두 시장에 갔다가 어린 시절의 홍어가 생각나서 한 팩을 사 왔다. 남편과 막걸리 한 사발에 초장을 찍어 먹어 봤지만 영암에서 먹던 맛이 아니었다. 그래서 버리기는 아깝고 다음에 한 번 더 먹자며 단단히 싸매서 냉동고 한쪽 구석에 넣어 두었다. 그러고는 잊어버렸다. 냉동실 문을 열 때마다 이상야릇한 냄새가 올라왔지만 몇 번이나 그냥 문을 닫고는 했다. 어느 날 작정하고 냉동실을 다 헤집었더니 구석에 꽁꽁 싸맨 홍어가 범인이었다. 아무리 포장을 잘해도 귀신같이 꾸리꾸리한 냄새로 본인의 존재를 알리는 홍어, 그리 좋아하지도 않던 홍어가 한 번씩 생각나는 것은 내 어릴적 어른들에게서 귀한 대접 받던 그 풍경 때문일 것이다.

세상에서 가장 맛있는 밥, 못밥

운전 중 라디오에서 모내기가 한창이라는 뉴스를 들었다. 불현듯 유년 시절 그리운 고향 마을 시골 들판이 눈에 보이는 듯 그려진다. "어이, 자!" 하며 논 양끝에서 못줄을 팽팽하게 붙잡고 못줄 대는 소리가 들리는 듯하다. 어느새 그 소리를 따라서 내 마음은 구불구불한 다랑이 논, 논둑을 따라 달려간다.

모내기를 기다리는 논은 물이 찰랑찰랑 하늘의 뭉게구름을 가득 담고, 모내기를 마친 논은 푸른 싹의 작은 모가 둥글게 흐느적흐느적 선을 그리며 줄을 섰다. 아직 모심을 준비를 하는 논에는 누렁소가 써레질을 한다. 모내기를 하는 논에서는 모 다발을 여기저기 길게 던지고 있다. 어떤 논에서는 못자리에서 모를 찌고 있다. 농로를 따라서 아기를 업고 젖 먹이러 가는 소녀도 보인다.

모내기하는 날, 내 어머니는 아궁이에 불을 지펴 떡을 찌는 커다란 양은 시루에 밥을 쪘다. 하지감자 듬뿍 넣고 국물 자작하게 갈치조림도 했다. 아침이면 고무대야 가득 생선을 머리에 이고 팔러 오는 행상에게서 갈치를 샀는지 시장에서 샀는지 기억에 없지만 모내기 하는 날 먹었던 갈치조림이 어찌나 맛있었는지. 들판에 둘러앉아 함께 먹는 밥이어서 그랬을 것이다.

찐 밥과 갈치조림, 몇 가지 반찬, 그리고 그릇과 수저 등을 큰 광주리에 담아 리어카에 실었다. 주둥이를 막은 막걸리 주전자도 한 자리 차지했다. 길심 씨는 리어카가 흔들리지 않도록 조심조심 앞에서 끌었다. 리어카의 수평을 맞추느라 허리도 펴지 못한 채 구부정한 모습이었다. 나는 울퉁불퉁한 길에 흔들려 음식이 쏟아지기라도 할까 눈도 떼지 못하고 뒤에서 조심조심 밀었다. 경지 정리가 안 된 들판은 지금 바둑판 같이 반듯한 형태에 비하면 좀 구불구불해도 멋이 있고 인정이 넘쳐났다.

논둑 풀밭에 점심이 차려졌다. 그날은 우리 논에서 모심는 사람들뿐만 아니라 지나가는 사람, 저 멀리 다른 논에서 일하는 사람도, 아기 젖 먹이러 온 아이들도 모두 불러 모았다. 누구네 논에서든 모내기하는 날은 잔칫날 같았다. 모를 심다 말고 나온 아짐 아재들은 흙탕물로 뒤범벅이 되었다. 논에서 걸어 나오며 다리에 붙은 거머리를 아무렇지도 않게 떼어 길바닥에 패대기를 치기도 했다. 나는 진저리를 쳤지만 그러거나 말거나 막걸리 한 사발에 밥 한 그릇이면 족한 얼굴이었다. 그때 둘러앉아 먹던 감자 넣은 갈치조림이 어찌나 맛있었던지 모내기철이 되면 늘 생각난다.

그때도 일손이 모자랐다. 친구 열에 서넛은 아홉 살에 학교에 갔다. 동생들을 돌봐야 했기 때문이다. 학교에 어린 동생을 데리고 오는 친구도 있었다. 고양이 손이라도 빌려야 할 만큼 일손이 부족했던 시절이다. 많은 세월이 흘러 요즘은 들판에 둘러앉아 밥 먹을 일이 없어졌다. 논농사 기계화율이 98%가 넘었으니 논에서 사람이 할 일이 줄었다. 들에서 사람들이 사라지니 이제는 새참도 못밥도 과거 일이 되고 말았다.

그 맛이 그리울 때면 좋은 재료에 더한 양념을 넣어 만들어 먹어 본다. 그래도 들판에 앉아 먹던 못밥을 흉내 낼 수 없다. 나에게 가장 맛있는 밥은 들판에 앉아 먹던 못밥이다. 이제는 잃어버린 맛이다. 음식은 누구와 어디서, 언제 먹었냐가 중요하지 않은가.

"배고픔은 어떤 먹거리로든지 달랠 수가 있지만 누군가와 함께 먹었던 음식 맛에 대한 그리움은 좀처럼 사라지지 않는다."

　황석영의《밥도둑》개정판 서문에서 읽고 크게 공감한 문장이다. 그 그리움은 수십 년이 지나도 사라지지 않는다. 생각만 해도 입에 침이 고인다. 지금 당장 그 음식을 먹을 수 있다면 나에게 이제껏 내가 먹어 본 가장 맛있는 밥으로 꼽히진 않았을 것이다. 먹을 수도 없고 그날의 풍경을 재현할 수도 없어 가장 맛있는 밥으로 꼽힌다. 초등학교 시절 모내기하는 날 몇 번 먹었을 뿐이고 기계화가 되면서 금세 사라지고 말아서일 수도 있다. 맛이란 참으로 오묘하다. 그 맛이 아직도 입안에 구르고 있으니 말이다.

한여름 날의 달달 국수

길심 씨가 보내 준 청태로 콩국수를 만들었다. 비타민C가 많은 청태는 이름 그대로 겉껍질부터 속살까지 푸르다. 국수 사리 위에 갈아 놓은 콩물을 부었다. 푸른빛 도는 색깔이 시원하고 곱다. 꿀도 밥숟가락으로 크게 한 스푼 뚝 떠서 얹었다. 작은 얼음도 와르르 쏟았다. 젓가락으로 잘 섞은 다음 후루룩!

"으음, 아이스 캐러멜 마키아토보다 훨씬 더 달달하니 맛있네."

"으음, 진짜 맛있다."

나의 감탄에 딸이 대꾸한다. 이 달달한 국수 한 젓가락이 유년 시절 시골집으로 나를 유유히 데려간다.

"아야, 유천 아짐 집에 가서 물 좀 받아 와라 잉."

길심 씨가 이리 심부름 시키는 날엔 설탕물 국수를 해 먹는 날이다. 여름 한낮, 풀들도 시들시들 맥없이 몸을 축 늘어 뜨린 불볕에 노오란 양은 주전자를 들고 집을 나선다. 우리 집과는 달리 샘이 깊은 유천 아짐 집에서 마중물을 붓고 한참 이나 펌프질을 한다. 샘이 깊을수록 여름에는 시원한 물이 나 오고 겨울엔 따스한 물이 나왔다. 많은 펌프질 후에 나오는 시원한 물을 주전자 가득 받아 흔들흔들 시원한 오솔길을 걸 어 집으로 돌아온다. 숨을 헉헉거리며 마루에 내려놓은 주전 자에서도 내 이마에도 땀이 줄줄 흘러내린다. 한여름 설탕물 국수는 차가운 물이 있어야 진가를 발휘한다. 냉장고가 없던 시절이었다.

　길심 씨는 아궁이에 불을 지펴 국수를 삶았다. 아버지는 텃밭에서 풋고추를 한 주먹 따서 상 위에 올렸다. 국수사리 위에 하얀 설탕을 소복이 올리고 길어온 시원한 물을 부었다. 쌓인 함박눈이 겨울 가랑비에 스러지듯 설탕이 스르르 녹아 내렸다. 이걸로 설탕물 국수 완성이다. 특별한 것도 없고 요 리랄 것도 없던 국수가 그 시절엔 왜 그리 맛있었을까? 설탕 이 귀해 사카린을 넣어 먹는 집도 있었으니…. 젓가락으로 국 수사리를 한 젓가락씩 건져 후루룩 먹고, 숟가락으로 설탕 국 물을 한 수저씩 홀짝홀짝 떠먹으면 세상 부러울 것이 없었다. 남은 설탕 국물은 두 손으로 그릇을 잡고 남은 한 방울까지도 남김없이 마셨다.

그때의 그 달달함이 좋아서 지금도 콩국수를 먹을 때면 꿀을 잔뜩 넣어서 달달하게 먹는다. 지방마다 다르지만 내 고향에서는 콩국수에도, 팥칼국수에도, 새알팥죽에도 설탕을 넣어 먹었다. 길들여진 입맛은 쉬이 변하지 않았다. 수년 전 100세를 일기로 돌아가신 할머니는 할아버지가 돌아가시자 큰아들네를 따라 서울에 올라와 40여 년을 살았다. 고향 맛에 길들여진 할머니는 여름이면 아들, 며느리, 손자 아무도 안 먹는 설탕물 국수를 홀로 드셨다고 한다. 맛있는 음식을 앞에 두고 늘 마시던 딱 한 잔의 소주와 함께.

누군가의 말처럼 "음식은 어머니"다. 어머니는 고향이기도 하다. 할머니에게 설탕물 국수는 무엇이었을까? 누군가에게는 냉면이, 할머니에게는 설탕물 국수가 고향을 기억하는 그 무엇이었을 것이다. 그 맛에서 두고 온 고향집을 그리고 산과 들의 내음을 맡았을 것이다. 누구에게는 아무것도 아닌 음식이 다른 누군가에는 특별한 음식이 되기도 한다. 어떤 음식을 좋아하고 그리워한다는 것은 그 음식 자체가 그리운 것이 아니라 그때 그곳에서 함께했던 사람들과 그날의 분위기가 그리워서일지도 모른다.

머리가 굵어지고 고향을 떠나 살면서 설탕물 국수는 추

억으로만 남았다. 바쁘게 살다 보니 잊어버리기도 하고 시시껄렁한 음식이라고 한번 해 먹어 볼 생각도 안 했다. 이제 세월이 흐르니 그 맛이 그립고, 간직하고픈 맛이 되었다. 설탕물국수는 해 먹으려고 마음만 먹으면 당장이라도 먹을 수 있는 음식이다. 특별한 비법이 필요하지도 않다. 하지만 고향에서 먹던 그 시절의 향수를, 그 맛을 그대로 간직하고 싶어서 머릿속에만 담아 두고 있다. 지금 먹으면 그때 그 맛이 사라질까 두려운 것일지 모르겠다.

어린 시절의 고향집도 변하고 펌프 샘도 사라진 지 오래다. 샘이 깊은 유천 아짐 집도 빈집이 되었다. 물 받으러 가던 오솔길도 시멘트 길이 되었다. 이제는 아버지 어머니도 설탕물 국수는 안 드신다. 하지만 나는 기억 속의 맛으로 늘 유년의 뜰을 서성거린다.

모든 것이 정성이제

우리집 냉장고에는 상비약 같은 '상비반찬'이 있다. 시장에 갈 때마다 한두 봉지씩 들고 온다. 몇 년 전 남편과 떨어져 산 적이 있다. 남편도 내가 갈 때쯤이면 으레 한 봉지씩 사다 놓았다. 무침을 해 달라는 것이었다. 집집마다 가장 만만한 국민 반찬이다. 국으로도, 무침으로도, 각종 찌개에도 단골이다. 가성비로도 이것을 따라올 반찬이 없다. 생육기간이 짧고 재배도 비교적 쉽다. 단 며칠 만에 길러서 먹을 수 있는 나물, 바로 콩나물이다.

어렸을 적부터 콩나물을 좋아했다. 길심 씨 덕분이다. 밥상에 늘 콩나물무침이 올라왔다. 식성도 유전인가. 내가 좋아해서 자주 밥상에 올렸더니 아이들도 유난히 좋아한다. 그 엄마에 그 딸들, 또 그 딸들의 손주들로 이어지고 있다. 아침을 준비하려고 냉장고에 사다 둔 콩나물 봉지를 꺼내는데 길심 씨의 콩나물 맛이 간절하게 올라온다. 시중에서 파는 콩나물은 길심 씨의 재콩나물과는 그 맛이 하늘과 땅 차이다. 그래도 좋아하니 어쩔 수 없이 자주 사다 먹곤 한다.

중학교 시절 농번기에 바빠서 재콩나물을 기르지 못할 적엔 심부름을 해야 했다.

"학교 끝나고 저재(저자)에서 콩나물 좀 사 오니라."

어머니가 구깃구깃한 종이돈을 건네며 말했다. 하굣길에 바닥에 물이 질척질척 흐르는 저자(읍내 작은 상설시장)에 들르는 일은 엄청 귀찮았다. 친구들과 같이 버스 터미널로 가지 못하고 혼자 떨어져 저자거리로 가야 했으니까. 거역할 수 없는 길심 씨의 심부름이니 어쩔 수 없었다. 자주 검은 비닐봉지를 들고 버스에 오르는 나를 보고 친구들이 가끔 장난삼아 놀리기도 했다.

"야, 난희 니는 콩나물을 많이 먹어 키가 큰갑다 잉. 으음, 좋것다."

콩나물 봉지를 들고 차에 오르는 애는 나밖에 없었다. 하지만 창피하지는 않았다. 다만 귀찮았을 뿐이다.

우리 집 샘가 장독대나 안방 한쪽 귀퉁이에는 검은 천을 뒤집어 쓴 커다란 옹기 시루가 앉아 있었다. 엄마는 명절이나 아버지 생신, 모내기, 탈곡하는 날 등 큰일을 앞두고는 늘 재콩나물을 시루에 안쳤다. 자식들이 결혼하고도 딸, 사위, 손자가 온다고 하면 어김없이 콩나물을 길렀다. 겨울에는 일주일, 여름에는 3~4일이면 콩나물을 숭숭 뽑아 먹을 수가 있었다. 다 자란 콩나물은 줄기가 질기면서도 씹는 맛이 있었고, 덜 자란 콩나물은 대가리를 씹으면 씹을수록 고소한 맛이 돌았다. 집에서 기르는 콩나물이니 처음에 뽑은 키 작은 콩나물에서부터 나중에 키 큰 콩나물까지 며칠을 두고 뽑아 먹었다. 시루에서 뽑아 낸 콩나물은 재를 털어 내고 검은콩 껍질 모자를 주워가며 씻었다.

말쑥해진 재콩나물을 굵은 소금을 약간 넣고 데쳐 낸다. 파, 마늘을 넣고 갓 짜 온 참기름에 엄마의 구부러진 손가락, 큰손으로 조물조물 무쳐 커다란 접시에 산처럼 쌓아 밥상에 올린다. 딸, 사위, 손주들 젓가락질이 바쁘다. 큰딸, 작은딸은 콩나물에 토하젓을 올려 한 숟가락씩 비벼 입이 미어져라 먹는다. 하도 맛있게 먹으니 덩달아 사위들도 토하젓을 올려 먹어 본다. 그 맛을 알았는지 연신 콩나물과 토하젓으로 젓가락질이 바쁘다. 자식들 입이 벌어져 콩나물이 들어갈 때마다 덩달아 길심 씨의 입도 자동으로 벌어진다. 정성이 담뿍 들어간 재콩나물을 안 먹어 본 사람은 그 맛을 알 리 없다.

그렇게 실컷 먹이고도 모자라 콩나물을 봉지에 싸 주

었다.

"검은 봉다리에 안 싸면 햇빛이 들어가서 콩노물이 파래진당께."

시장에서 물건을 살 때 들고 와서 어딘가에 뭉쳐 놓은 검은 봉지를 들고나오며 어머니가 '검은' 봉지를 강조했다. 그러면 딸내미들은 건성으로 듣고는 그 정성을 아는지 모르는지 "잘 먹을게." 말 한마디로 때우고 만다. 서울에 올라와서 "엄마, 콩나물 너무 맛있어." 하면 그다음엔 콩나물 봉지가 더 커졌다. 밭을 기어다니며 콩 농사를 짓고 콩나물을 기른 엄마의 마음이 애잔하게 와닿는다. 길심 씨도 이제는 팔순이 되어 재콩나물이 추억의 음식이 되어가고 있다.

재콩나물은 예로부터 남도의 집에서 길러 먹던, 전통 방식의 재배법에 따라 기르던 콩나물이다. 나중에라도 시골에 살게 되면 재콩나물을 꼭 길러 먹어야겠다 생각하며 아침부터 겸사겸사 문안 전화를 걸었다. 가서 배우면 좋으련만, 가면 오기 바쁘다.

"엄마, 많이 덥제? 별일 없어?"

"별일 없제. 느그는 잘 사냐?"

"그럼! 근데, 엄마는 콩나물을 어떻게 그렇게 잘 길러? 엄마가 기른 콩나물 먹고 싶네."

"내가 콩나물은 잘 기르제. 이모들이 많아도 느그 외할머니가 맨날 나한테 콩나물 안치라고 했제."

"아, 그랬어?"

"그람, 여그 동네 사람들도 내가 잘 기른게 나한테 물어보제. 기르기 어려운게 내가 길러서 나눠 주면 좋아하제. 나한테 길러서 팔라고도 하더라만 아이고, 못해."

멍석을 깔아 드렸더니 목소리 톤이 높아지셨다.

"엄마, 재콩나물은 어떻게 안친당가?"

"콩은 좋은 놈으로만 골라야제. 콩은 백태나 준저리콩(쥐눈이콩) 한나절 넘게 불려 놓고, 볏짚은 태워서 재가 바스라지지 않게 잘 준비해 놓고 잉. 옹기 시루에 시루보 깔고, 지푸라기도 좀 깔아야제. 그라고는 볏짚 태운 재를 깔고 그 우에 콩을 얹으면 되제."

"시루떡 안치듯이 하면 되겠네."

"그라제에. 재 올리고 콩 올리고, 젤 위에는 재를 올리고 지푸라기 뚱글게 말아서 얹어 주면 좋제. 그래야 물이 골고루 스며들고 좋당게. 인자 물을 호복이(듬뿍) 줘서 잿물을 빼 줘야 콩이 썩지를 않제. 안 그람 재가 독해서 콩이 썩어 불제. 여름이면 한 이틀이나 있다 물 한 번 더 주고, 또 하루 이틀 있다 물 주고, 물이 다 빠지고 나면 뽑아서 씻어 먹으면 되제. 음

식은 정성이여. 음식만 정성이것냐. 이 시상 모든 것이 정성
이제.”

　　전화를 끊고도 며칠 동안 길심 씨의 말이 귓가를 맴돈다.
엄마가 음식만 정성으로 했을까. 남편도 정성으로 받들고, 자
식도 정성으로 키우고, 농사도 정성으로 지었다. 마당에 나무
도, 꽃도 정성으로 돌봤다. 그래, 맞다. 이 세상 모든 것이 정성
이지. 정성을 따를 만한 것이 어디 있겠는가. 비록 공장에서
대량으로 기른 콩나물이지만 양념 듬뿍 넣고 정성으로 꽉꽉
무쳐 보지만 길심 씨의 재콩나물 맛을 따라갈 수 없다. 그래
도 모든 것이 정성이다!

가을바람 찬바람이 일 때

가을 찬바람이 일면 길심 씨는 더 바빠진다. 가을 햇살 아래 논에는 나락이 알알이 영글어 가고, 밭에는 배추, 무, 당근 등 우리의 반찬거리가 무럭무럭 잘 자라고 있을 것이다. 고구마 도 땅속에서 살을 찌우고 줄기는 세상모르고 힘차게 뻗어나 가고 있을 게다. 가을이 꽉 차오르면 길심 씨는 굽어진 허리 로 한시도 엉덩이 붙일 새가 없다.

"엄마, 오늘은 뭐해 드셨어?"

엄마에게 전화를 했다.

"뭣 해야, 아이고, 느그 아버지 병원 델꼬 다닐라 몸보신 시킬라 내가 죽겠다. 어제께는 영암장에서 장어 사다 부삭(아 궁이)에다 구워 먹었다. 오늘은 물천해(물천어)라도 해 먹을라 고 냇갈(냇가)에 통발을 던져 났드만 피라미 새끼 한 마리도 안 들어갔어야. 피래미들이 우글우글 하드만. 미꾸라지 몇 마리 잡히면 고구마 쭐거리 넣고 지지면 맛있을 텐디."

　전화만 하면 길심 씨의 하루 일과가 누에고치 실 뽑듯 줄줄 나온다. 어리광 부리는 아버지 타박은 말로만 한 바가지고, 몸은 늘 아버지를 위해 종종거린다. 어머니의 물천해(?)란 말에 갑자기 물천어 맛이 혀끝에 살아난다. 당장이라도 물천어 먹으러 내 어린 시절로 달려가고 싶다. 그땐 잘 몰랐다. 동네 어른들의 말씀에 물천회(?)나 물천해(?)인줄 알았다. 알고 보니 물천어(냇가에 사는 민물고기)를 이르는 말이었다. 말하자면 민물고기 매운탕인 셈이다. 우리 고향에선 매운탕이 없다. 물천어탕도 아니고 물천해(물천어)다.

　내 유년기에 허리 꼿꼿한 엄마가 한 손에는 그물망, 다른 한 손에는 고무 양동이를 들고 검은 장화를 신고 미소를 띠며 마당으로 들어온다. 물천어가 제법 잡힌 모양이다. 양동이에 피라미, 미꾸라지, 붕어, 매기, 고동(비틀이), 토하 등이 잡혀 왔다. 다른 집은 아버지가 잡아 오지만 우리 집은 엄마 몫이다. 아버지가 나서지 않는 탓도 있지만 여장부 기질이 다분한 길심 씨가 즐기는 일이기도 했다.

　잡아 온 물천어 손질도 길심 씨 몫. 어머니는 샘가에 앉아 잡혀 온 것들의 배를 따고 창자를 짜낸다. 그 내장에는 하얀 작은 풍선 같은 신기한 것이 들어 있었다. 부레였다. 나는 샘가 구석에 쪼그리고 앉아 인상을 찡그리면서도 물고기가 죽어가는 것을 흥미진진하게 구경했다. 물고기가 불쌍하기도 했지만 그럼에도 내심 '아, 오늘은 맛있는 물천해를 먹겠네.' 하며 기대했다. 어른들이나 좋아할 만한 음식이었지만 어린 내 입맛에도 물천어탕은 매콤하면서도 구수하니, 맛이 좋았다.

나는 어려서는 말랐었고 밥을 잘 먹지 않는 아이로 친척들은 나를 그렇게 인식했다. 초등학교 저학년쯤이었을 것이다. 한 동네에 사는 사촌오빠랑 동생이랑 고모 댁에 놀러간 적이 있다. 고모는 10남매를 두었다. 식구들이 그렇게 많은데도 방학이면 가끔 가서 사촌들과 놀았다. 지금은 돌아가신 고모부, 고모가 귀찮다 안 하시고 반겨 준 일이 사무치게 고맙다. 거기에 며칠 있는 동안 내가 밥을 잘 먹었던가 보다. 나중에 고모부가 어머니에게 난희가 밥을 잘 먹는다고, 걱정 안 해도 될 것 같다고 한 이야기를 들은 기억이 있다. 편식도 심하고 입이 짧았던 내가 물천어탕을 아주 맛있는 음식으로 기억하는 걸 보면 어머니의 음식 솜씨가 남다르지 않았을까 짐작해 본다.

큰 솥단지에 초가을에는 부드러운 고구마 줄거리(보통 고구마순, 줄기)를, 깊은 가을에는 무를 나박나박 썰어 깔고 국물이 자작자작하게 지졌다. 특별한 양념이랄 것도 없이 아궁이에 불을 지펴 큰 솥단지에 지지면 그만이었다. 텃밭에서 바로 딴 빨간 고추를 갈아 넣고, 국물도 붓고, 장독대에서 가져온 간장 한 사발 붓고, 길심 씨 말대로 이것저것 손 가는 대로 찌클면(끼었으면) 맛이 났다. 남아 있는 양념장도 찌클고, 밥상에 오르락내리락 안 먹는 반찬도 넣고 반찬통도 물에 헹궈 찌클었다. 간은 볼 필요도 없이 신기하게 딱 맞았다.

　길심 씨 손맛에, 싱싱한 물고기에, 아궁이 솥단지에 지졌으니 얼마나 맛이 있었겠는가. 많던 국물이 자작자작해질 때까지 아궁이에서 불이 타올랐다. 불이 사그라들고 잔불에 뭉근하게 맛이 들어갔다. 처음 먹을 때는 아주 빨갛지도 않고 적당히 갈색 빛이 감도는 국물이 맛있었다. 그다음 불을 지펴 데워 먹을 땐 간이 쏙 벤 무가 맛이 있었고, 그 다음에는 형체가 사라진 무와 물고기를 같이 먹었다. 마치 진한 갈색 수프 같았다. 한 솥단지 지져서 여러 끼니를 먹고 또 먹었다. 그래도 질리지 않았다. 이 맛있는 물천어탕을 먹어 본 지가 언제인지… 가물가물하다.

　찬바람이 이는 가을에 때맞춰 내려가기도 어렵다. 예전에 그물망을 가지고 냇가에 나가면 잡히던 물고기들이 요즘엔 잡히지 않는단다. 통발이라도 던져 놓지만 피라미 한 마리도 안 잡힌다고 하니, 추억의 맛으로만 간직해야 하나 보다.

TV의 남녀현실 관찰 리얼리티쇼 〈현실남녀 2〉에서 개그맨 양세형이 여사친인 장도연과 옷 쇼핑을 끝내고 미슐랭 레스토랑을 찾는다. 거기서 감탄에 감탄을 거듭하며 맛있게 먹던 양세형이 장도연에게 말한다.

"나는 초등학교 때 무슨 옷을 입었는지는 기억하지 못하지만, 그때 먹었던 맛있는 음식은 기억해. 지금 먹는 음식 하나하나를 평생 가져갈 내 소중한 추억으로 간직할 수 있어서 좋아."

그렇다. 나는 평생 간직할 맛있는 음식의 추억이 많아서 참 좋다. 벌써 울 엄니 길심 씨의 정성 레시피 물천어탕을 추억으로, 그리움으로 한 그릇 맛있게 먹었다. 참 잘 먹었다!

찰밥 한 그릇에 수다는 세 그릇

"○○네 아들은 베트남 여자와 결혼을 했는디, 아야, 인사도 잘하고 이쁜디 아들도 낳았당께."

"일본에서 살다 온 여자는 먹을 것을 들고 자주 회관에 나온당께. 식당에라도 가먼 운전을 할 줄 앙께, 그이가 몇 번 왔다갔다 실어 나르제. 고맙제 잉."

"아버지 갑 계원인 ○○양반이 돌아가셔 부렀어야. 이젠 느그 아버지만 남았당께."

"당숙모는 아파서 딸네로 갔다드만. 아이고, 쯧쯧."

"느그 외삼춘은 어디가 아팠는지 병원에 댕겨왔다드라."

"우리는 느그 아버지, 나 둘이가 농협 조합원잉께 이번엔 큰 설탕이 두 봉지 나왔어야. 느그 한 봉지씩 갖고 가그라 잉."

"올해는 농협에 맽겨서라도 농사를 지었응께 직불금도 받았제. 내년에도 또 지어야 쓰겄다."

울 엄니 길심 씨의 수다에 나는 앉아서도 동네 돌아가는 속을 훤히 안다. 그녀의 수다는 나이가 들어가면서 더 늘어간다. 딸이든 사위든 옆에 앉으면 동네 이야기든 농사 이야기든 끝도 없이 쏟아 낸다. 처음에는 몰랐던 사실을 알게 되기도 하고 새로운 사실에 흥미가 일기도 하지만, 이제 대부분은 들었던 이야기다.

"응, 엄마. 지난번에 이야기했잖아. 아, 그 이야기."

언젠가부터 들은 체를 하지만 그래도 이야기는 이어진다. 그래서 딸들은 중간에 엄마 말을 자르기도 하고 자리를 피하기도 한다. 사위들은 한쪽 귀는 다른 데 두고 한쪽 귀는 어머니 이야기를 듣는 척 건성으로 대답만 한다.

큰딸아이가 대학교 2학년 때인가, 친구들과 넷이서 목포 여행을 다녀왔다. 마침 목포와 영암이 가까우니 할머니 집으로 숙소를 정해야겠다고 했다. 그 당시 마당 한 편에 펜션 같은 아담한 황토집을 새로 지어 우리 시골집은 한 마당 두 집이었다. 하나는 헌 집, 다른 하나는 새집이다. 딸아이는 새집이 마음에 들었는지 친구들을 데리고 숙박비도 아낄 겸 할머니 댁에서 2박을 했다.

여행 첫날 목포에서 하루를 보내고 저녁에 할머니 댁에 도착했단다. 길심 씨는 서울에서 온 손녀와 손녀 친구들이 얼마나 반가웠는지 말이 끊이지 않았다. 딸아이는 피곤해서 할머니 이야기를 듣다 졸음을 참지 못하고 누워 깜빡 잠이 들고 말았단다. 자다가 일어나 보니 한 시간이 훌쩍 지났는데 그중 한 친구가 할머니의 이야기를 듣느라 눕지도 못하고 어정쩡 앉아서 벌을 서듯 이야기를 듣고 있었단다. 할머니가 어떤 이야기를 했냐고 물었더니 대부분 길심 씨의 딸, 내 자랑에 동네 이야기였단다. 알지도 못하는 동네 이야기며 친구 할머니의 딸 자랑에 힘들었을 것이다.

우리는 이 일을 길심 씨의 수다 사건 중에 가장 재미있는 사건으로 기억한다. 길심 씨가 누구인가? 수다만으로 끝이 났을까? 아니다. 손녀들의 눈치에 옛집으로 건너간 길심 씨는 아이들에게 다음날 아침밥을 먹이기 위해 찹쌀을 씻어 놓고 잠을 청했다. 아침 일찍 일어나 아이들을 위해 당근도 잘게 썰고, 대추, 밤을 준비하고, 농사지은 갖가지 콩도 삶고, 불려 놓은 쌀에 참기름, 설탕, 소금 간을 더하여 고루 섞은 다음 아궁이 솥단지에 시루를 얹어 찰밥을 쪘다. 아이들을 위하여 아침 일찍부터 서두른 것이었다.

아침 밥상을 차려 놓고 아이들을 깨우니 이 청춘들이 모두 아침은 안 먹는다고 했단다. 그래도 할머니가 너희들을 위해 준비한 것이니 먹어 보라 권하니 눈 비비고 마지못해 예의

상 밥상에 앉았다. 그런데 어라! 밥을 먹다 보니 모두 너무 맛있어서 큰 밥그릇에 담긴 밥 한 그릇을 다 먹고 말았단다. 찰밥과 함께 할머니가 참기름 발라 아궁이에 구워 준 김을 싸 먹으니 너무너무 맛있었단다.

나는 그날의 찰밥 이야기를 말로만 들어도 얼마나 맛있는지 너무 잘 안다. 길심 씨의 찰밥과 아궁이에 구운 김은 찰떡궁합이다. 아침은 늘 안 먹는다던, 잠을 더 자겠다던 아이들이 한 그릇을 다 먹었다면 알 만하다.

그로부터 딸아이를 비롯한 세 친구는 가장 맛있는 밥으로 할머니의 찰밥을 꼽게 되었단다. 친구들이 만나면 가끔 할머니의 찰밥을 그리워하게 되었다니, 길심 씨의 음식에는 마법이 숨어 있는 게 아닐까 생각해 본다. 먹고 나면 그리움으로 남게 되니 말이다. 도시의 아이들이 할머니가 아궁이 솥단지에 시루를 얹어 찐 찰지고 고슬고슬한 찰밥을 언제 먹어 보았겠는가. 할머니의 수다가 세 그릇은 되었겠지만 찰밥 한 그릇을 이길 수는 없었다. 길심 씨의 음식은 힘이 세다.

뱅뱅뱅 굽은 길을 돌아 나오는 우렁이

시어머님 밭가에는 탱자나무가 한 그루 서 있다. 지난가을 어머니를 따라 밭에 간 김에 탱자나무를 눈으로 더듬었다. 나이를 말해 주듯 키도 크고 임산부처럼 몸집도 두루뭉술하다. 노란 탱자 몇 개가 눈에 들어왔다. 성큼성큼 밭을 가로질러 둔덕으로 올라가서 가시에 둘러싸인 탱자를 어렵사리 겨우 한 개 따서는 코에 가져다 댔다. 향기와 함께 유년의 향수가 밀려왔다. 나이 들수록 작은 것 하나에도 추억이 떠오르곤 한다. 탱자나무 가시로 우렁이 껍데기를 까던 일이다. 내 유년의 우리 집 앞에는 밤나무밭이 있었다. 밤나무를 지키는 것은 두텁게 몸을 불린 탱자나무 울타리였다.

　내 어린 날 길심 씨는 이른 아침 논에서도, 우리 집 뒤를 지나는 영산강 수로에서도 우렁이를 양동이 가득 잡아 온다. 그러곤 밖에 걸어 둔 아궁이 솥단지에 삶아 내고는 두 딸을 깨운다. 솥단지를 통째로 떼어 와서 샘가에 놓는다. 우리는 눈을 비비며 우렁이 껍데기를 까려고 솥단지 앞에 깔개를 깔고 앉는다. 길심 씨가 집 앞 울타리 탱자나무에서 길고 튼실한 초록 가시 몇 개를 꺾어 온다. 그러면 우렁이 껍데기 까기 준비 완료다. 우렁이 껍데기의 주둥이에는 가운데가 오목하며 황갈색이고 반투명한 각질(角質)의 뚜껑이 붙어 있다. 그 뚜껑을 떼어 내고 탱자 가시로 탄탄한 우렁이 살을 콕 찔러 들어 올리며 뱅뱅뱅 굽은 길을 돌아 내장까지 나왔다. 우렁이 껍데기는 한 양동이, 속살은 겨우 한 대접.

길심 씨는 우렁이 속살에 굵은 소금을 뿌려 빡빡 문질러 씻어 놓고는 장화를 신고 낫을 들고 집 앞 냇가로 간다. 냇가에서 자라고 있는 미나리를 잘라다가 삶아서 우렁이 미나리무침을 만들었다. 우렁이도, 미나리도 자연이 우리에게 내어 주는 선물이다. 우렁이무침에 들어가는 양념인 된장, 고춧가루, 참깨, 참기름, 마늘, 양파, 식초도 그녀의 손길이 닿지 않은 것이 없다. 이렇게 가공되지 않은 자연 그대로의 것이 들어가니 맛이 안 날 리가 있겠는가. 밥 한 술에 미나리 얹고 우렁이 몇 개 올려 입에 넣으면 새콤달콤, 아삭, 쫀득한 맛이 어우러져 입안에 가득한 행복이 온몸으로 퍼졌다.

그런데 몇 해 전부터 길심 씨의 특별 요리 우렁이무침을 먹을 수 없게 되었다. 못 먹게 되니 더 먹고 싶어진다. 가장 아쉬워하는 사람은 다름 아닌 길심 씨의 큰사위, 나의 남편이다. 그녀의 큰사위는 조개류를 잘 먹지 않는 사람이다. 길심 씨가 끓인 바지락이나 맛조개를 넣은 미역국에서 조개만 쏙쏙 건져 내 국에 넣어 준다. 그런 그가 우렁이무침만은 없어서 못 먹는다. 신기한 일이다. 꼬막무침도 안 먹는 그가.

시골 우리 동네에도 친환경 농법으로 벼농사를 짓는다고 한다. 몇 해 전에 면사무소에서 우렁이를 분양해서 마을 사람들 저마다 무논에 우렁이가 굼실굼실 기어 다니기 시작했다. 우렁이는 논바닥을 기어 다니며 풀을 뜯어 먹는다. 그러니 제초제를 치지 않고도 벼농사를 짓게 되는, 말하자면 우렁이 농법이다. 그러면 논에 분양받은 우렁이가 많아지면 그걸 잡아 먹으면 되겠네 하겠지만 모르는 말씀이다. 그 우렁이는 재래종이 아니라 살이 딱딱해서 먹을 수가 없단다. 그 우렁이가 들어오면서 재래종 우렁이가 자취를 감추었다. 친환경 농법도 좋지만 우렁이를 먹을 수 없게 되어 못내 아쉽기만 하다.

어느 날 길심 씨가 마을 들녘을 가로지르는 수로에서 우렁이를 잡는 두 여인을 봤단다. 외지에서 온 듯한 그들은 정신없이 우렁이를 잡더란다.

"아이고, 그 우렁이는 못 먹는디 으짜쓰께라우. 깡깡해서

(딱딱해서) 못 먹어라우."

길심 씨 말에 그들은 듣는 둥 마는 둥 힐끗 한번 쳐다보고
는 연신 우렁이를 잡더란다.

"아, 내가 다 잡으려고 거짓말이라도 하는 중 알더랑께.
잡아가 봐야 먹지도 못할 텐디⋯."

속내를 털어 놓는 길심 씨 말에 이제는 정말로 맛있는 우
렁이를 먹을 수 없게 되었다는 사실이 실감났다. '아이고, 으
짜스까 잉!'

마트나 시장에도 깐 우렁이가 있다. 하지만 이제껏 사다
먹어 볼 생각은 한 번도 안 했다. 어쩐지 살 수가 없다. 아마
추억의 맛을 남겨 두고 싶은 건지도 모르겠다. 논에서 흙탕물
을 뒤집어쓰고 녹조류를 몸에 붙여 보호색을 띄는 우렁이의
모습, 논에서 우렁이를 잡던 짜릿한 느낌, 그 시절의 자연을
그대로 머릿속에 남겨 두고 싶은 것일 수도 있다. 왠지 내가
우렁이를 사다 먹으면 그런 추억이 사라질 것만 같다.

나는 오늘도 숙성 중이다

길심 씨가 굽은 허리로 농사지어 보낸 고구마가 주방 한쪽에서 천대받고 있다. 어릴 적 나의 고향 영암에서는 그렇게 환대받던 고구마가, 지금 자리를 차지한다고 박스에 담긴 채 나의 발길질에 이리 치이고 저리 치인다. 흔하면 귀한 줄 모른다고, 먹을 게 넘쳐나고 고구마보다 더 맛있는 게 많으니 나에게도 아이들에게도 환대를 못 받는다. 추운 곳에 두면 썩어버릴 것이니 베란다로 내놓을 수도 없다.

고구마를 빨리 해치울 심산으로 구워도 보고 쪄도 보지만 예전 맛이 아니다. 고구마 맛이 변한 게 아니라 내 입맛이 변한 것이다. 저녁에는 돼지등뼈를 푹 고은 다음 묵은 김치를 넣고 감자 대신 고구마 넣어 끓였다. 매운 국물에 고구마를 건져 한입 먹으니 감자와는 달리 달짝지근한 맛이 입안에 가득하다. 나이가 들어가니 이상하게 입에 감기는 맛 하나에도 추억 속으로 빠져 들어가곤 한다. 이것도 현재와 과거를 오가는 인간 숙성의 한 과정이려나.

가을걷이로 고구마를 캘 때 먼저 넝쿨을 걷어 내고 호미로 흙을 파서 한 두둑씩 캤다. 그 시절엔 집집마다 고구마를 참 많이도 심었다. 고구마 넝쿨은 잘 말려 작두로 썰어서 겨우내 소여물로 주었고, 고구마는 사람들 간식이 되거나 더러는 주식이 되기도 했다. 밭에서 집으로 실려 온 고구마는 안방 한쪽 구석의 어리통에 저장했다. 어리통은 수숫대나 대나무를 엮어서 울타리처럼 세워 만든 방 안의 임시 보관창고였다. 고구마는 온도가 낮은 곳에 두면 썩어 버리니 식구와 함께 방에서 한겨울을 나는 것이다.

고구마는 같은 밭에서 같은 시기에 수확해도 언제 먹느냐에 따라 맛이 달랐다. 추석 전날에 미리 캐온 밑이 덜 든 햇고구마는 유난히 껍질 색깔도 빨갛고, 끊어진 꼬리 부분에서는 하얀 진액이 흘러나왔다. 우리 영암의 빨간 황토가 묻어 있어서 더 싱싱해 보이기도 했다. 가을이 저물기 전 고구마는 아궁이 가마솥 밥 위에 얹어서 뜸까지 들이고 밥을 풀 때쯤 솥뚜껑을 열면 껍질이 갈라져 하얀 속살을 드러내며 웃고 있었다. 반으로 쪼개면 반짝반짝 진주처럼 빛이 났다. 먹다 보면 맛있는 밤처럼 보슬보슬한 가루가 떨어질 정도의 밤고구마였다. 그 시절엔 별다른 간식이 없어서 햇밤, 햇고구마, 햇과일 등 햇것을 기다렸다. 지금처럼 아무 때나 먹을 수 없었으니까. 그해에 처음 먹는 거라 더 맛있었는지도 모르겠다. 그 속에 기다림이 들어 있어서기도 하다.

초겨울 어리통에서 꺼내 쪄 먹던 고구마는 밤고구마도 물고구마도 아니었다. 한겨울을 지나고 봄이 멀지 않을 때는 꿀이 든 듯 단물이 흐르는 찐득찐득한 물고구마로 변했다. 방 안에서 숙성기간을 거치면서 고구마 맛이 달라지는 것이다. 우리 집은 방에 어리통만 있었는데 앞집 친구네는 식구가 많아 어리통으로도 모자라 마루 밑에 굴을 깊게 파서 보관했다. 봄에 친구네서 얻어먹은 고구마는 유독 진득한 단물이 많아 더 맛있었다. 고구마 굴에서 온도와 습도가 맞아 숙성이 잘 된 이유였을 게다.

시골의 겨울과 밤은 길고도 길었다. 어둠이 내려앉기 전 온 동네 집집마다 굴뚝에 연기가 피어올랐다. 이른 저녁을 먹고 나면 밖에서는 눈이 소복소복 쌓여 갔다. 아버지는 잠들기 직전 큰 가마솥에서 온기가 남아 아직 모락모락 김이 나는 소죽을 퍼서 마구청(외양간) 돌구유에 가득 채워 주었다. 소들도 겨울이면 정성스럽게 끓인 집밥, 소죽을 먹던 시절이었다. 아버지는 소죽을 퍼 주고 한 번 더 아궁이 끝 깊숙이 장작을 모아 군불을 지폈다. 그때 가끔 눈 오는 날이면 솔가지 장작 냄새를 폴폴 날리며 아궁이에 묻어 두었던 군고구마를 꺼내 왔다. 저녁 먹은 지 오래되어 출출한 한밤중에 장독대에서 꺼내 누런 양은 양푼에 막 퍼 온, 얼음덩이 가득한 동치미는 군고구마와 찰떡궁합이었다. 그렇게 고구마로 배가 부르고 구들장은 뜨끈뜨끈 끓고, 행복한 겨울밤은 깊어만 갔다.

고구마는 숙성기간에 따라 밤고구마였다가 밤고구마도 물고구마도 아닌 고구마가 되기도 하고, 진득한 물고구마가 되기도 했다. 또는 혹한을 견디지 못하고 악취 풍기는 썩은 고구마가 되기도 했다. 우리네 인생도 밤고구마처럼 빛이 나는 듯이 보이지만 퍽퍽할 때도 있고, 이도저도 아닌 과도기를 거치기도 하고, 안정이 깃들어 단맛이 배어 나오는 진짜 숙성된 맛을 내기도 한다. 한겨울을 지나 봄이 오는 길목에서 먹었던 단물 가득 진득한 물고구마처럼, 나도 진득한 사람으로 나이 들고 싶다. 나는 오늘도 고구마처럼 숙성 중이다.

레시피도 세월 따라 변한다

여고 친구들과의 모임이 있었다. 경복궁역에서 만나 서촌 골목을 돌아 인왕산 수성동계곡에 가기로 했다. 전날 밤 설레는 마음을 안고 계곡에서 먹을 간식거리를 궁리했다. 마침 냉동고에 잠들어 있는 생옥수수와 쑥떡 한 덩이가 생각났다. 옥수수는 아침에 바로 꺼내 찌면 될 테고 돌덩이가 되어 있는 쑥떡은 꺼내 놓았다.

　다음날 일찍 일어나 옥수수는 물에 소금과 뉴슈가를 넣고 삶았다. 쑥떡은 전기밥솥에 넣어 재가열을 두 번 눌러 알맞게 쪘다. 밥솥에 눌어붙지도 않고 덩이째 똑 떨어졌다. 내 고향에서는 쑥인절미를 쑥떡이라 한다. 쑥떡에 노란 콩가루를 올리고 곱게 단장을 시켰다. 길게 잘라 콩가루에 굴리고, 다시 잘게 잘라서 콩가루 속에 묻었다. 까만 돌덩이 같던 쑥떡이 노란 옷을 입은 쑥인절미가 되었다. 기분 좋은 소슬한 바람과 함께 찐 옥수수와 쑥인절미를 등에 지고 집을 나섰다.

한 친구가 며칠 사이 응급실을 두 번이나 들락거렸다고, 파리한 얼굴로 약속 장소에 나타났다. 우리는 약속이나 한 듯이 다 같이 말했다.

"계곡은 안 되겠다 잉. 여기서 놀자아!"

그리하여 수성동계곡에서 먹으려던 나의 야심 찬 간식거리는 경복궁 옆 늙은 은행나무 아래 벤치에서 먹게 되었다. 아직 남아 있는 여름 열기가 등줄기에 땀을 고이게 했다. 백팩에 메고 온 뜨끈한 옥수수와 쑥떡이 한몫 거들었다.

가방에서 간식거리를 꺼냈다.

"얘들아, 따뜻할 때 얼른 먹자!"

"와아, 나 옥수수 좋아하는데!"

"나도, 나도!"

안 좋아하는 친구가 아무도 없었다. 쑥떡도 꺼냈다. 아침 든든히 먹고 왔다던 친구는 한 손에는 옥수수, 다른 손에는 쑥떡을 들고 먹으며 행복해했다.

"으음, 쑥 향이 진하다. 진짜 쫀득쫀득 맛있다. 역시 시골에서 온 것이라 맛있다!"

다들 한마디씩 했다. 그날 우리는 〈밥 잘 사주는 예쁜 누나〉 TV 드라마 촬영 장소인 근처 레스토랑에서 스테이크를

썰었다. 그러고는 가을바람이 살랑살랑 드나드는 은행나무 아래로 다시 돌아왔다. 친구들은 스테이크보다 쑥떡이 훨씬 더 맛있다며 아껴 둔 쑥떡을 다시 꺼내 아끼고 아끼며 먹었다. 콩고물까지 마셨다.

우리 어머니 길심 씨의 쑥떡은 특별하다. 일반 쑥만 넣어 만든 것이 아니니까. 떡쑥이라고, 우리 시골에서는 일명 제비쑥이라고 부르는 쑥을 넣어 떡이 쫀득쫀득하고 찰지기가 피자치즈는 저리 가라다. 식으면 탱탱해지고 쫄깃쫄깃해져 식감이 더 좋다. 이렇게 쫄깃한 식감은 제비쑥 덕분이다.

귀여운 노란 꽃을 수줍게 피우는 제비쑥은 잎이 회백색으로 잔털이 부수수하여 할미꽃 줄기를 닮았다. 땅에 붙어 자라다가 어느 순간 뜯을 수 없을 만큼 성큼 자라 노란 꽃을 뽐낸다. 그 꽃을 보면 한없이 정겹다. 아주 어릴 적엔 제비쑥이 들에 지천이었는데 농약 사용이 잦아지면서 농촌 들녘의 논둑 밭둑도 알게 모르게 오염되어 이제 흔하지 않다. 길심 씨가 누구인가. 그녀가 들판에서 뽑아다가 텃밭에 많이 번식시켰다. 꽃이 피기 전 바닥에 붙어 자랄 때 뜯어야 한다.

집으로 돌아오는 길에 길심 씨에게 전화를 걸었다.

"오늘 친구들이랑 엄마 쑥떡을 먹었는디, 다들 맛있다고 하드만."

"그래야. 제비쑥을 많이 넣어야 맛있제. 그렇다고 제비쑥만 넣으면 고무처럼 질기당께. 쑥도 쪼끔 넣어야 맛있제. 그라고 꼭 찹쌀로 해야 맛있어. 다들 우리 떡이 맛있다고 하제. 제비쑥 덕분이여. 입 짧은 느그 아버지도 맛있다고 하드만. 작년에는 뒤꼍에 제비쑥을 옮겨 심었더니 죽어 부럿어야."

자화자찬 삼매경에 빠진 엄마 입에서 제비쑥떡 레시피가 끊이지 않고 줄줄 나온다.

엄마의 레시피도 세월과 함께 진화한다. 어린 시절 먹었던 쑥떡은 지금처럼 쫄깃하지 않았다. 콩고물 묻혀 접시에 담은 쑥떡 크기도 손바닥만큼 큼지막했다. 지금은 인절미처럼 한입 크기다. 최상으로 쫄깃한 제비쑥과 쑥의 비율도 찾았다. 못생긴 돌덩이 같던 냉동 보관용 쑥떡 덩이도 어느 해부터인지 네모반듯한 두꺼운 타일 같다. 밤낮없이 바쁜 농사일과 남편 봉양에도 불구하고 늘 연구하는 길심 씨다. 사람은 늙어죽을 때까지 공부하고 연구해야 하는 것이라고, 매사 이리도해 보고 저리도 해 본다.

엄마, 오늘은 뭐해 드셨어?

거들떠보지도 않던 음식을 먹는다면 다 자란 것일까? 아이들이 대학에 가면서부터 스스로 요리도 해 먹고 시장을 봐 오기도 한다. 신기하게도 어려서는 아무리 먹이려 애써도 안 먹던 음식을 먹는다. 국에 파가 들어 있으면 다 건져 놓던 녀석들이 이제는 파기름을 내어 볶음밥을 하고 어디든 파를 넣어 요리한다. 냄새가 역하다고 절대 안 먹던 마늘도 구워서 먹고 파스타에도 듬뿍 넣는다. 버섯도 구워 먹고 부쳐 먹는다. 때가 되니 저절로 식성이 바뀐다. 인생사 애달파할 필요가 없다는 것을 시간이 흐르고서야 깨닫는다.

가지를 보면 유년 시절 이른 아침 텃밭에 오순도순 달려 있던 가지가 떠오른다. 어린 날엔 그렇게도 맛이 없던 가지무침이 지금은 그리운 음식이 되었다. 딸이 가지 요리하는 것을 보니 어릴 적 으레 간식으로 따먹던 그 가지가 생각나면서 입안이 살짝 아려온다. 마땅한 간식거리가 많지 않던 그 시절, 가지는 오다가다 한 번씩 따먹게 되는 주전부리였다.

　길심 씨는 가지, 오이, 솔(부추)을 마당 가까운 텃밭에 심었다. 그러니 밭에 들어가지 않고도 금세 딸 수 있었다. 가지는 여름에 요긴한 반찬거리기도 했다. 연보라색 가지 꽃이 잎사귀 아래로 몰래 숨어 환하게 피고 가지가 주렁주렁 열린다. 여린 가지를 따서 한입 베어 물면 폭신하면서 상큼한 약간의 아린 맛이 좋았다. 숨어 있어 미처 따 먹지 못한 어린 가지는 길쭉하고 굵직하게 자라 반찬거리가 되었다. 그 시절 아린 가지의 뒷맛이 혀끝에서 알알하게 느껴져 온다.

　시골의 아침은 빨리 오니 하루가 길고도 길다. 길심 씨는 이른 아침, 아니 새벽에 일어나 하루치 일을 하고 가마솥에 아침밥을 안친다. 갈색 마른 소나무 잎 갈퀴나무로 불을 지펴 아궁이에 밀어 넣고는 텃밭에서 가지, 고추, 부추를 한 바가지 따온다. 가마솥에서 벌써 밥물이 흐르고 하얗게 김이 올라오면 불 때는 것을 멈춘다. 이제 가마솥 뚜껑을 열고 가지를 밥 위에 얹는다. 갈퀴나무(소나무 잎) 한 줌을 다시 아궁이 밀어 넣고 부지깽이로 잠들어 있는 불씨를 살짝 들어 입으로 후 불어주면 불씨가 살아난다. 가마솥 밥은 뜸이 들어가고 가지는 익어간다.

가마솥 뚜껑 아래로 흐르던 물이 마르면 뚜껑을 연다. 하얀 김이 엄마 얼굴에 와락 올라오면 얼굴을 돌리고 가지를 쇠주걱으로 떠 올린다. 가지가 놓여 있던 자리 위쪽 밥에 길쭉하게 이쁜 보라색 물이 들었다. 말랑해진 가지와 고추를 어슷어슷 썰고 생 부추를 손으로 뚝뚝 잘라 넣고는 장독대에서 퍼 온 간장과 고춧가루, 참기름을 손으로 조물조물해서 아침 밥상에 올린다. 이것이 길심 씨표 가지무침이다. 사실 그때 나는 맛을 잘 몰랐다. 맛있다고 생각하지도 않았다. 입안 가득 퍼지는 물컹함이 입속을 돌고 돌다가 목으로 넘어갔다. 단지 고소한 참기름 냄새에 반해 한두 번 집어먹을까 말까였다.

그리 좋아하지도 않던 그 음식이, 그 맛이 이제 와서 그리운 이유는 무엇일까? 전기압력밥솥에 밥을 하니 중간에 밥솥 뚜껑을 열 수도 없고, 처음부터 가지를 얹어 밥을 하면 이미 가지는 죽이 될 테니 길심 씨가 해 주던 가지무침은 먹을 수 없게 되었다. 작은 냄비에 밥을 한다고 한들 아궁이 솥에 지은 밥 위에서 익어간 가지 맛은 아닐 것이다.

이별을 겪고 나서야 그 사람의 은혜와 사랑을 진정으로 알 수 있는 인간관계처럼, 음식도 그럴까? 엄마 음식은 무조건 그리움이다. 맛은 기억하지만 그날의 맛을 낼 수 없기에, 더 먹고 싶어 머릿속에 저장해 놓는다. 흔하게 먹을 수 있고 내가 금방 만들 수 있다면 그리움은 쌓이지 않을 것이다. 길심 씨에게 전화를 걸어 안부를 묻고 으레 예전이나 지금이나 빼놓지 않고 묻는 말은 "엄마, 오늘은 뭐해 드셨어?"다. 그러면 실타래처럼 졸졸 풀려나오는 길심 씨의 그날 음식 이야기에 나는 또 침을 삼킨다.

추울 때 먹어야 지 맛이제

지하철역을 나와 돌아서니 묵, 두부, 콩나물 등이 가판대 위에 줄지어 있다. 콩나물을 사고 도토리묵도 샀다. 도토리묵을 들고 오다 보니 동네 숲길에 봄이 와 있다. 봄은 왔는데 뭉그적거리는 겨울 때문에 코끝이 매콤하게 시리다. 코끝 시린 날엔 도토리묵이 아니고 메밀묵을 먹어야 한다. 그런데 내 손에는 메밀묵이 아닌 도토리묵 봉지가 들려 있다. 메밀묵 생각이 간절하게 올라온다.

겨울에 먹어야 제맛인 음식들이 있다. 아이스크림, 동치미, 냉면, 팥빙수는 겨울에 먹어야 맛있다. 메밀묵도 그렇다. 냉장고에 들어갔다 나온 메밀묵은 메밀묵이 아니다. 메밀묵을 겨울에 먹어야 하는 이유다. 차가운 메밀묵을 겨울에 못 먹어 본 사람은 그 맛을 알지 못한다.

불과 몇 년 전만 해도 설날이나 정월 대보름이면 길심 씨의 메밀묵을 먹을 수 있었다. 그러나 지금은 길심 씨도 "나도 인자 하기 싫다."고 한다. 어쩔 수 없다. 팔순 넘은 어머니에게 오십 중반의 딸이 메밀묵이 먹고 싶다고 조를 수는 없다. 그렇다고 내가 할 수도 없다. 서울에서 메밀묵을 쑤어 봐야 그 맛을 낼 수 없으니까. 어차피 내 고향 그곳의 그 공기, 그 바람, 그 물이 아니니 감히 해 볼 생각도 안 한다. 흉내를 낸다 한들 고향 집에서 먹던 맛이 나겠는가.

음력 정월 초하루, 즉 설이 다가오면 길심 씨는 메밀묵을 쑨다. 밖에 쪼그리고 앉아 번거롭고 힘들고 지난한 과정을 거쳐 메밀묵을 탄생시킨다. 그 과정의 고됨은 이루 말로 다 할 수 없다. 묵을 쑤는 과정도 지난하지만 메밀가루를 내기까지의 과정이 더 길고 힘들다. 이런 자급자족의 과정을 거친 메밀묵이 어찌 맛이 없었겠는가.

설 명절에 시골집에 가면 메밀묵이 벌써 장독대 끄트머리에 자리를 차지하고 있었다. 자식, 사위, 손주들이 들이닥치면 길심 씨는 밖에 내놓은 차가운 메밀묵 한 덩이를 들고 들어온다. 손바닥에 올려놓고는 스테인리스 묵칼로 쳐서 스테인리스 양푼에 담았다. 메밀묵을 치는 도마는 늘 길심 씨 손바닥이었다. 손바닥에서 양푼으로 떨어지는 메밀묵은 발발발 떨었다. 꽃가마 타고 시집가던 새색시 마음이 저리 떨렸을까.

길심 씨의 메밀묵무침 레시피는 이제까지의 지난한 과정에 비하면 레시피라고 할 것도 없다. 장독대 큰 항아리에서 막 퍼 온 집 간장을 넣고 참기름 듬뿍 붓고 참깨 한 주먹 양손 바닥으로 쓱쓱 비벼 넣고 양푼을 키질하듯 까불었다. 행여 뒤적이면 으깨질까 양푼을 들고 살랑살랑 키질을 한다. 이것이 길심 씨의 메밀묵무침 요리법이다. 이럴 때면 키질에 검불이 날리듯 고소한 참기름 냄새가 온 집안에 날리곤 했다. 지금도 그때 고소한 참기름 냄새와 발발발 떨던 묵을 생각하니 코가 벌름거리고 입에는 침이 한가득 고인다.

지금까지 어디에서도 길심 씨 메밀묵무침보다 더 맛있는 메밀묵을 먹어 본 적은 단연코 없다. 메밀묵무침 레시피를 인터넷에서 찾아봤다. 묵은지 쫑쫑 썰어 무치기도 하고, 김 가루를 넣어 무치기도 하고, 나란히 줄 세워 양념장을 끼얹기도 한다. 하지만 누가 뭐래도 나에게는 그녀의 메밀묵무침이 최고다. 가장 큰 비법은 추운 겨울에 밖에 둔 메밀묵을 먹는 것이다.

이제는 장독대도 없어지고 문돌쩌귀에 손이 쩍 붙을 것 같은 매서운 겨울도 유순해지고 있다. 지난 설 명절에는 날씨가 봄처럼 따뜻했다. 추워야 제맛인 메밀묵을 쑨다고 한들 제

맛으로 먹을 수 있을까? 음식은 먹던 날의 풍경으로 만들어진 추억이다. 도토리묵으로 추억 소환을 대신한다.

음식은 누군가를 기억하는 방식이다

길심 씨는 못 말리는 엄마다. 목소리 크고 무뚝뚝하고 다정함과 거리가 멀지만 자식들 입에 들어가는 음식만큼은 무엇이든 당신 손으로 해야 직성이 풀린다. 요즘 조미되어 구워져 나오는 맛있는 김이 얼마나 많은가. 그럼에도 영암 오일장에 좋은 김이라도 만나면 굳이 사 들고 온다. 그러고는 몇 년 전 새로 지은 황토 집 아궁이에 장작불을 지피고 김을 굽는다.

먼저 장작불이 사그라지고 벌겋던 숯불이 숨을 죽일 때쯤 당글개(고무래의 방언-아궁이의 재를 끌어당기는 도구)로 숯불을 아궁이 입구로 끌어당긴다. 그다음 손수 농사지은 깨로 갓 짜온 참기름을 바르고, 직접 구운 소금을 뿌려 두 장씩 맞붙여 놓은 김을 석쇠에 끼워서 숯불에 앞뒤로 돌려가며 굽는다. 쟁반에 월출산만큼 높이 쌓인 김을 4등분으로 큼지막하게 잘라 봉지에 담아 큰딸, 작은딸네로 보낸다. 영암의 아궁이에서 서울의 식탁까지 숯불구이 김이 배달된다.

명절 연휴 끝에 직접 가져오기도 하고 택배로 받기도 하는 길심 씨 숯불구이 김은 내게 특별하다. 길심 씨가 김을 굽는 과정은 안 봐도 훤히 그려진다. 부엌 한편에 쪼그리고 앉아 김에 참기름을 바르고, 부엌 아궁이까지 높은 문턱을 몇 번이나 넘고 또 넘는다. 간편하게 사 먹으면 될 걸, 길심 씨가 이해되지 않는다. 나는 아이들이 맛있다고 해도 그렇게 귀찮은 일은 절대로 못 하고, 안 하기 때문이다.

가져온 김 봉지 옆을 지나기만 해도 숯불 향이 코를 간질인다. 이러저러하며 아껴 먹다 보면 바삭한 맛이 사라질 때까지 먹는다. 나는 항상 귀한 건 나중까지 아껴 먹는 습관이 있다. 좋은 것은 얼른 먹어야 제맛을 느낄 수 있는데도 말이다. 엄마의 노고를 알기에 얼른 먹어 버릴 수 없다. 어쩌면 엄마를 더 많이 음미하고 싶은 것일 수도 있다.

남편이 김을 먹으며 어린 시절을 되뇐다. 김이 고급 음식이었다고 한다. 시어머님이 들기름 발라 구운 김을 아버님에게만 드렸다고, 남편은 그때의 차별에 대해 웃으며 이야기한다. 그래서 눈치를 보며 김을 한 장씩 먹었단다. 또 보리쌀에 쌀 한 움큼 넣어 밥을 지으면 쌀밥만 똑 떠서 시아버님에게 드렸다고도 들었다. 계란찜도 아버님이 여러 번 드시면 그때

눈치를 봐 가며 한 번씩 먹었다고도 했다.

우리는 서로 자기 동네가 더 잘 살았네, 더 못 살았네 하며 그때의 식문화로 형편을 판가름하기도 했다. 쌀과 김만으로도 그 시절의 문화와 상황을 알 수 있다. 요즘은 남편, 아빠보다 아이들이 먼저다. 음식이 시대를 대변하기도 한다.

"1961년 정월 초하루는 새해이자 내 생일이었다. 음력 동짓달 보름이 양력 초하루에 맞아 떨어진 거다. (중략) 나는 생일과 초하루를 축하하기 위해서 고깃국에 햇김으로 조촐한 아침상을 차렸다."

김향안의 에세이 《월하(月下)의 마음》을 읽다가 '햇김'으로 조촐한 아침상을 차렸다는 구절을 만났다. 서울의 60년대와, 남편과 내가 태어난 시골의 1970년대는 같이 흘렀던 것 같다. 서울 쥐와 시골 쥐의 격차라고 해야 하려나.

예전에 동생의 시어머님께서 만들어 주셨다는 김부각도 길심 씨의 숯불 김구이와 같다. 엄마 손맛이 들어간 음식은 그리움이다. 이제는 사돈 어르신이 오랜 병환 끝에 돌아가시고 그 맛을 볼 수 없게 되었다. 똑같은 맛이라도 우리의 정서상 엄마 음식은 엄마를 기억하는 하나의 방식이었다. 누군가를 기억하는 방식에는 여러 가지가 있겠지만 나는 우리 아이들에게 어떤 음식으로 기억에 남을까 생각해 본다. 딱히 떠오르지 않는다.

솥에 묵이 부글부글, 엄마 속도 부글부글

결혼 후 처음으로 동생과 단둘이 거의 25년 만에야 친정 나들이를 했다. 남편과 아이들 없이 둘이서만 간 것은 처음이었다. 코로나19 덕분이었다. 세상에 다 나쁜 것만은 없다. 지난해 연말 아버지 생신이 다가오면서 어머니는 미리서부터 못을 박았다.

"여기도 코로나 땜시 난리다. 안 와도 된다. 오지 말그라 잉. 동네 회관도 문 닫았고 내 핸드폰에는 날마다 뭔 문자가 띵띵거린다. 그러니께 오지 마라 잉. 사람들 못 모이게 해서 시제도 못 모신당께. 그러니까 오지 마라 잉."

회유와 협박으로 연신 전화기 너머 길심 씨 목소리가 쩌렁쩌렁했었다. 그러나 추석 명절에도 못 갔는데 안 갈 수는 없었다. 길심 씨의 몇 번의 회유와 협박에도 가타부타 대답을 유보하고 동생과 둘이서만 시골로 향했다.

고속도로 위 차 안에서 부모님과 동생과 나 오롯이 우리네 식구만 함께한 적이 얼마 만인가 머릿속을 굴려 보았다. 결혼 전일테니 아마도 25년 만이었다. 남편과 아이들 다 버리고 옛날로 돌아가는 길을 나선 것처럼 은근히 설렜다. 아이들이 모두 대학을 들어가고 나니 길 나서는 일이 쉬워졌다. 딱히 밑반찬이나 국을 챙겨 놓지 않아도 부담이 덜 되어 좋다. 나이 들어가면서 좋은 일 중의 하나다. 그럼에도 여전히 길 나서는 일은 쉽지 않다.

출발하고 나서 두어 시간쯤 지나서 전화를 했다. 그렇게 오지 말라고 할 때가 언젠가 싶게 길심 씨가 반겼다.

"엄마, 난희!"

"그란디, 지금 어디여?"

은근히 기다리고 있었던 거다.

"지금 가고 있어!"

"그래, 조심해서 와라 잉."

전화를 끊고 나와 동생은 마주보며 웃음을 터트리고 말았다. 못 말리는 길심 씨다.

집에 도착하자마자 길심 씨가 "낙지 먹을래?"라고 묻는다. 행여나 싶어 낙지를 사다 놓았던 것이다. 해묵은 양은 주전자에 낙지 몇 마리가 꾸물럭꾸물럭 잠을 자고 있었다. 낙지부터 먹었다. 이후로도 계속 엄마 음식 코스가 이어졌다. 아궁이 앞에서 먹는 삼겹살, 신건지 등등.

다음날 동생이 지나가는 말로 우뭇가사리묵이 먹고 싶다고 했다. 듣는 둥 마는 둥 아무 말도 없던 길심 씨가 소리 소문 없이 혼자서 아궁이 백솥에 우뭇가사리를 고아 묵을 만들었다. 자식이 무섭다. 늙은 노모가 오십이 넘은 두 딸을 위해 아궁이 앞에 앉아 불을 때고 우뭇가사리를 체에 밭쳐 거르고, 시간을 들이고 공을 들인다.

아무리 내리사랑이라지만 길심 씨의 자식 사랑은 애달프다. 말릴 수도 없다. 당신의 행복인 것을. 맛있게 먹는 수밖에. 그날 길심 씨는 이유 없이 짜증을 냈다. 생각해 보니 자식이 먹고 싶다는 소리에 안 할 수는 없고 하다 보니 힘이 들어 아궁이 솥에 묵이 부글부글 끓듯 엄마 속도 부글거렸겠다. 그럼에도 자식 향한 마음은 그칠 줄을 모른다.

금세 굳은 우뭇가사리묵을 자르고 그 위에 차가운 콩물을 부었다. 길심 씨가 미리 만들어 냉장고에 넣어 둔 콩물이었다. 한 입 먹으니 묵의 부드러움과 거친 콩물의 고소함까지 입안 가득 행복해진다. 더운 여름에 얼음 동동 띄워 먹는 콩국수 마냥 맛있다. 아니, 겨울에 먹으니 더 맛있다. 부드러워 술술 넘어간다. 칼로리 걱정도 조금은 내려놓는다. 여름날 냉

콩국수를 먹는 것처럼 마파람에 게 눈 감추듯 먹었다. 동생은 겨울 텃밭에서 어린 상추를 뜯어다 상추겉절이를 해서는 묵에 얹어 먹었다. 역시 나의 취향은 콩국에 말아 먹는 것이다. 이게 훨씬 맛있다. 동생도 콩국에 말아 먹어 보더니 더 맛있단다. 어머니가 계신 곳에서 어머니의 손을 거쳐 태어난 것들은 모두 맛있다.

잘 먹고 며칠을 뒹굴다 서울로 올라오는 길에 우리는 말했다, 이제 그 어떤 거라도 먹고 싶다는 이야기는 하지 말자고. 길심 씨를 위해 하는 말이었지만 그게 진정 엄마를 위한 것인지는 확신이 없다. 예전에는 어머니가 힘드시니 논농사도 짓지 마라, 밭일도 조금씩만 해라, 서울 올 때는 무거우니 아무것도 가져오지 마라, 힘드니 택배도 보내지 마라 등등 잔소리를 많이 했다. 그렇다고 자식의 말을 들을 길심 씨도 아니지만. 시간이 흐르면서 세월이 가르쳐 준다, 효도랍시고 부모님의 즐거움을 빼앗는 일이 더 큰 불효라는 것을.

인생도, 음식도 간간해야 깊은 맛이 나는 법

택배가 또 도착했다. 나의 길심 씨가 보낸 것이다. 한 달에 한 번 정도는 시골에서 영혼이 들어간 택배를 받는다. 요즘 유행하는 말로 영끌(영혼까지 끌어모으다) 택배다. 굽은 허리로 택배를 보내기 위해 며칠이나 준비했을 것을 알기에 영끌 택배라는 것이다. 매번 받을 때마다 드는 생각은 이러지 않아도 되는데 황송할 따름이다. 어떤 말로도 부족하다.

택배 상자를 열어 보니 오만 가지 보물단지 같다. 봄동, 숯불구이 김, 간하여 살짝 말린 조기, 떡국떡, 닭장조림, 신건지(동치미), 냉이 나물무침, 수정과, 도라지 등등. 이것만 가지고도 설을 쉴 수 있을 것 같다. 당장 저녁에 조기를 튀기고 냉이 나물과 신건지를 썰어 밥상을 차렸다. 고향의 맛, 엄마의 맛이 식탁에 가득하다. 맛나게 먹으면서도 엄마의 종종걸음이 눈앞에 선해 가슴이 아리다. 텃밭에서 배추를 뽑고, 아궁이에서 김을 굽고, 담가 놓은 신건지를 덜어 김치통에 담고, 수정과도 만들고, 도라지도 캐다 씻는 등 그 일련의 과정들은 결코 쉽지 않은 일이다. 꼬박 며칠은 걸렸을 것이다. 그것도 두 딸에게 똑같이 보냈으니.

이번 택배는 특별하다. 코로나 때문에 오지 말라고, 안 와도 괜찮다며 길심 씨가 미리서부터 택배를 보냈는데 이 중에 특별한 것이 들어 있다. 설이라서 특별히 보낸 것이다. 우리가 내려갔더라도 분명히 싸 주었을 테지만 받고 보니 이것이 가장 가슴에 와닿는다. 딸, 사위 손주들 새해 떡국 먹고 복 많이 받으라는 길심 씨의 메시지로 느껴지기 때문이다. 바로 '닭장조림'이다. 전라도에서는 새해 아침 떡국을 끓일 때면 꼭 미리 만들어 놓은 닭장을 한 국자 푹 퍼서 금세 끓여 낸다.

어려서부터 닭장으로 끓여 낸 떡국을 먹어서인지 소고기나 멸치육수로 끓인 떡국은 간에 기별이 안 간다. 그래도 나 스스로 닭장을 끓여 본 적은 이제껏 서울 살면서 아마 한두 번 있을 것이다. 맛도 알고 할 수도 있지만, 잘 하지 않게 된다. 아마 엄마가 만든 닭장을 넘어설 수도 없으려니와 시골 촌닭을 구할 수 없어서다. 토종닭은 마트에서도 살 수 있지만 내가 본 시골 닭하고는 다르다. 우리의 길심 씨는 다른 건 다 아끼고 억척스럽게 살림을 하지만 먹는 것에는 돈을 아끼지 않는다. 그런 길심 씨의 근원을 파 보면 아마 나의 외갓집, 길심 씨의 결혼 전 집이 잘살았기 때문이다.

내가 어렸을 적 외갓집 부엌 천장에는 돼지고기 한쪽 넓적다리가 걸려 있었다. 외숙모는 거기서 돼지고기를 베어다 국을 끓였다. 외할아버지는 아버지 집안이 찢어지게 가난해도 양반이라고 시집을 보냈단다. 그놈의 양반 때문에 길심 씨는 개고생을 했다. 신씨도 양반이더구만…. 그 시절에도 왜 양반, 상놈을 따졌을까.

이번에 보내온 닭장은 커다란 병에 담겨 왔다. 열어 보니 커다란 닭다리가 들어 있었다. 닭다리가 크고 살이 쫀쫀한 걸 보니 큰 토종닭으로 만든 것이 틀림없다. TV에서 하듯 시중에서 파는 토막 난 닭으로 만들면 간단하겠지만, 길심 씨는 절대 그렇게 하지 않는다. 꼭 시골 영암 오일장에서 즉석에서 잡아 주는 살아 있는 토종닭을 산다. 행여 오일장에 닭이 없으면 토종닭을 놓아기르는 집을 알아내 찾아가기까지 한다.

고기나 생선 음식 맛은 재료의 신선함이 절반이다. 시골에서 나는 좋은 재료만으로 음식을 만드니 맛이 없을 수가 없다. 엄마 음식의 기본은 뭐든 좋은 재료만을 고집하며 아끼지 않는 통 큰 맛과, 시간을 들이는 정성이 합쳐져 저절로 손맛이 난다.

길심 씨의 닭장은 투박하다. 닭고기를 결대로 찢지 않고 뼈다귀도 들어 있다. 심지어 큰 닭다리가 그대로 들어 있다. 사위를 위한 길심 씨의 센스였을지도 모른다. 길심 씨의 무한한 사위사랑을 알기에 떡국을 끓여 남편 그릇에 닭다리를 그대로 올려 주었다. 닭다리 근육이 튼실하게 보인다.

　　길심 씨표 닭장의 특별함은 토종닭에 있지만, 두 번째는 맛있는 집 간장에 있다. 직접 기른 콩으로 메주를 쑤어 만든 간장으로 닭고기를 조렸으니 그 맛이 어디 갈까. 닭장조림으로 만든 떡국은 여타의 떡국보다는 간간하다. 간간하지만 깊은 맛이 난다. 인생도, 음식도 간간해야 깊은 맛이 나는 법이다.

시장이 반찬? 나이가 반찬?

읍내에서 자취하던 시절이었다. 집에서 읍내 여고까지는 약 5km, 아침 7시부터 자율학습을 시작하는데 도저히 그 시간에 등교할 수 없었다. 아침 첫차를 타도 불가능한 일이었다. 읍내 사립 여고에서 좋은 대학을 보내겠다고 내린 특단의 조치로 도보나 자전거로 통학이 불가능한 아이들은 고2 때부터 자취를 시작했다. (말이 입시를 위한 자취였지, 학교 등교 시간을 맞추기 위함이었다.) 읍내의 시장통 골목길을 오르면 주택이 있었다. 그 집의 한쪽 방에서 친구와 셋이 살림을 차렸다.

마당 한쪽에는 수도가 있고 커다란 갈색 고무대야에는 늘 물이 가득했다. 남쪽 지방의 일자형 집 구조상 안방을 중심으로 양쪽 마루 끝에 방이 있었는데, 대문에서 가까운 우리 방은 수돗가와는 반대 방향에 있었다. 우리 방에 딸린 부엌에는 싱크대도 수도도 없었다. 뒷문은 휑하니 뚫려 있고 뚫린

문으로 쥐들이 들락거렸다. 연탄아궁이에는 큰 들통을 늘 올려놓았다. 들통에 물을 덜어다 추운 겨울에는 수돗가에서 세수를 하고 머리를 감았다. 부엌 바닥은 깊었고 천장은 낮았다. 부엌 천장이 방에서는 다락이었다. 비키니 옷장도 하나 없이 옷은 벽에 못을 박아 옷걸이에 걸었고 이불은 다락 위에 얹어놓았다. 다락이 이불장인 셈이었다. 화장실은 주인집 식구들과 같이 푸세식을 이용했다. 그래도 불편한 줄 몰랐다.

주말이면 집에 다니러 갔다. 토요일 오후부터 일요일 오전까지 집에서 농사일을 거들다 엄마가 싸 주는 김치 한 통씩을 들고 자취방으로 돌아왔다. 셋이 각자 집에서 들고 온 김치 맛은 다 달랐다. 다른 밑반찬도 없이 달랑 김치만 둥근 스테인리스 김치통에 담아 보자기에 싸서 들고 왔다. 냉장고도 없어서 여름에는 수돗가 고무대야에 담가 놓았다. 김치통은 월요일, 화요일을 지나 날이 갈수록 가벼워져 갈색 고무통에서 둥둥 떠다녔다. 밥통의 밥을 퍼서 다 시어빠져 군둥내(군내)나는 김치 한 가지에 먹어도 꿀맛이었다. 시험기간이 있는 주말에는 집에 못 가니 그 한 가지 반찬인 김치도 떨어져 간장에 참기름을 넣고 비벼 먹곤 했다. 밥이 왜 그리 맛있었을까. 지금도 그때를 생각하면 웃음이 나고, 그립다.

고3이 되면서 자취방을 옮겼다. 친구는 그대로 셋이서 함께였다. 나는 늘 얌전해 보이고 착실해 보였지만 공부는 흉내만 내고 있었다. 그때 공부할 이유를 찾고 공부하는 방법을 더 잘 알았더라면 내 인생이 달라졌을지 모른다고 가끔 생각해 본다. 밤 10시까지 하는 야간자율학습에 열심히 하지도, 그렇다고 노는 애들처럼 놀지도 못했다. 40여 년이 흐른 지금도 사는 모양새는 별반 달라진 것이 없다. 사람은 타고난 대로 살아야 하는지, 바꾸려 해도 늘 제자리로 돌아온다. 이제 이런 나를 인정하며 틈틈이 노는 듯이 책 읽고, 노는 듯이 글쓰기를 한다.

그때 여동생은 같은 운동장을 쓰는 중학교에 다니고 있었다. 다섯 살 터울이지만 학년으로는 4년 차이 나는 동생은 한때 엄마가 싸 주는 점심 도시락을 들고 아침마다 교실로 찾아왔다. 어머니가 자주 제육볶음을 만들어 상추와 된장을 싸서 보냈다. 그때는 그것이 당연한 줄 알고 고마운 마음도 없이 친구들과 앞뒤로 둘러앉아 상추쌈을 입이 미어져라 먹었다. 우리 엄니 길심 씨는 알았을라나, 상추쌈 먹은 후에 잠이 엄청 밀려온다는 사실을. 그때 친구들과 먹었던 제육볶음이 어찌나 맛있었는지 글을 쓰다 보니 그 맛이 살아난다.

도시락과 그 배달의 정성에도 나는 지방의 국립대학에 원서를 쓰지 못하고 취업이 잘 되는 과에 가겠다고 사립대학에 지원했다. 꿈도 열망도 없었으니 당연지사였겠지만. 길심 씨는 나를 대학에 보낼 마음도 없으면서 도시락을 싸서 보냈다.

대학 합격자 발표일 학교 게시판을 눈으로 더듬더듬 확인하고 온 날 어머니는 집으로 들어가는 고샅길 동산에서 갈퀴나무(솔잎)를 부지런히 긁고 있었다. 그날 나는 길심 씨가 대학 합격 여부에는 관심 없이 땔감만 긁어모으고 있다고 생각했다. 하지만 훗날 생각해 보니 길심 씨는 나를 기다리고 있었던 것이다. 딸을 쳐다보지도 않고 너무나도 무심하게 어머니가 물었다.

"합격은 했드냐?"

"응….."

나는 모기만 한 목소리로 대답했다.

"아이고, 나는 대학 못 보낸다. 농사지어 어떻게 대학을 보내것냐?"

말씀은 그렇게 했어도 어머니는 그때 이미 대학 보낼 요량은 해 놓은 상태였다. 나를 대학에 보내 놓고도, 동네에서 농사만 지어 대학에 보낸 사람이 없어서 경제적 가늠이 안 될 때는 나에게 야박하게 굴었다. 조금 여유가 있다 싶고 '아, 보낼만하구나' 하고 엄마 나름의 계산이 설 때는 경제적으로 풀어 주었다. 내가 대학을 졸업하고 동생이 대학에 들어갈 때쯤 엄마는 한 번 보내 봐서 그랬는지 훨씬 더 여유로워졌다.

그 후 취업을 해서 서울로 입성하고 결혼 전까지 자취생활을 했다. 그때도 반찬은 길심 씨가 보내 준 김치 한 가지였지만 밥 한 그릇은 뚝딱이었다. 그런데 지금은 그때만큼의 김치 맛은 사라졌다. 한 가지만 먹어서 질릴 법도 한데 먹고 또 먹어도 질리지 않았던 것은 무엇 때문이었을까? 시장이 반찬이 아니고, 그 나이가 반찬이 아니었나 생각해 본다.

길심 씨의 시골 여행 – 여름

빨래하고 싶은 날

아침이 밝았다. 이곳은 내가 태어난 고향집이다. 벌써 떠오른 둥근 해가 나를 내려다보고 있다. 서울에서는 잘 보이지 않던 해가 보인다. 길심 씨의 팔순 여행을 함께 다녀왔던 딸, 사위, 손주들이 모두 서울로 떠나고, 영암 호동마을 길심 씨네에 나만 남았다. 어둠이 채 물러가기도 전인 어스름 새벽에 성수 씨와 길심 씨가 들녘으로 나가는 소리를 꿈결인 듯 들었다. 나는 느지막이 일어나 아침밥을 안쳐 놓았다. 아직 아침이지만 밖은 한낮인 듯 햇빛도 좋고 바람도 좋다.

얼른 안방으로 들어가 벽에 걸린 아버지 옷을 후루룩 걷어 마당 수돗가로 갔다. 길심 씨가 보았더라면 아직 빨 때가 안 되었다고 소리쳤을 테지만 지하수를 콸콸 틀어 놓고 빨래 의자에 앉았다. 손빨래하는 것이 이렇게 좋은 적이 있었던가. 어릴 적 냇가에 앉아 빨래하듯 흐르는 물에 헹구고 헹구어 손으로 돌려 짜서는 빨랫줄에 줄줄이 널었다. 금세 마음까지 맑아진다.

타들어갈 듯 쨍한 한여름 햇볕 아래 한 시간이면 족히 습기가 달아난다. 문득 서울 집의 베란다에 널려 있을 빨래가 생각난다. 모두 가져와 다시 벅벅 빨아서는 빨랫줄에 줄줄이 널어 놓고 강강술래라도 하고 싶어진다. 마당 수돗가를 가로지르는 빨랫줄에 바람이 서성대니 빨래가 덩실덩실 어깨춤을 춘다. 나도 덩달아 절로 어깨가 들썩여진다. 내 마음속 축축한 기운도 모두 날아가 버리고 뽀송뽀송해진다.

파란 스케치북에 하얀 물감을 풀어 놓은 듯 하늘에 구름이 뭉게뭉게 흘러간다. 잠깐 동안 가을이 여름에게 잡혀 왔나 보다. 빨랫줄 아래 장독대에 앉아 이리 멋진 하늘을 바라볼 수 있다니…. 예전에는 이 집에서 떠나고만 싶었기에 보이지 않던 경치가 이제야 나를 사로잡는다. 마당가 텃밭에 자리한 허수아비가 나를 향해 인사하며 고개를 숙인다. 허수아비 옷조차 벗겨서 빨아 주고 싶다. 옥수수는 뜨거운 햇볕에 입을 앙다물고 이를 하나 둘 채워가고 있다.

얼마 만에 느끼는 시골에서의 하루인가. 길심 씨네서는 일찍 시작한 긴 하루도 짧기만 하다. 쓰면 쓸수록 얼음물처럼 시원해지는 지하수에 하루 종일 빨래하고 싶은 날이다.

가계부 일기장

오늘이 어머니 길심 씨의 진짜 팔순 생신날이다. 오늘도 어머니와 아버지는 새벽부터 일어나 한나절 일을 한다. 어머니는 밭을 매고 아버지는 하루가 다르게 쑥쑥 올라오는 논둑의 풀을 베러 갔다. 나의 시간으로 서울에서라면 새벽이지만, 여기서는 벌써 중천에 떠 있는 아침 해가 나를 깨운다.

새집에서 나와 마당가에 서서 두 팔 벌려 월출산의 넉넉한 품에 안겨 보고 옛집 부엌으로 향했다. 길심 씨가 따다 놓은 강낭콩을 까서 밥을 안치고, 부엌 여기저기를 뒤져 미역을 찾아내 소고기미역국을 끓였다. 2박 3일의 팔순여행으로 이미 거하게 생신 파티를 했으니 조촐하게 생신 상을 차렸다.

땀을 비 오듯 쏟아 내며 들어온 아버지는 벌써 한낮처럼 뜨거워진 아침 햇살을 등지고 앉아 장화를 벗는다. 나는 부엌 창문을 통해 아버지를 보며 바로 드실 수 있도록 밥을 푸고

국을 담았다. 아버지의 젖은 등을 보니 '죽는 날까지 허덕이며 사는 게 인생이제.'라고 수없이 되뇌던 말씀이 내 귀에 저절로 들리는 듯하다. 이제 그만 일하시라 하면 늘 하시던 말씀이다. 죽는 날까지도 일을 하며 살아야 한다는, 그것이 인생이라는 말씀.

"느그 엄마는 뭣 한디 아직도 안 온다냐? 빨리 오라고 했음 빨리 와야제. 해가 벌써 뜨거운디 큰일 날라고. 속이 없당께."

아버지가 은근한 타박과 걱정을 섞어 기어코 한마디를 한다. 길심 씨가 뒤이어 마당으로 들어서고 제대로 씻을 새도 없이 방으로 들어온다.

어릴 적 어느 날처럼 셋이 아침 밥상에 둘러앉았다. 이렇게 평화롭고 행복한 일상을 누리다니…. 성수 씨 젊은 날의 교통사고와 그 후유증, 술 주사로 번쩍번쩍 번개가 치고 폭풍우가 몰아치던 날들이 많았다. 끝이 없을 줄 알았다. 그러나 이제는 언제 그랬냐는 듯 오늘의 날씨처럼 햇빛 쨍한 날의 연속이다. 지난날의 모든 것을 세월이 해결했다. 아직도 몰아칠 폭풍우가 남았는지 모르지만 확신하건대 이제는 살랑살랑 시원한 바람만 불 것이다.

"엄마, 생신 축하드려이 잉."

"아이고, 고맙네."

"아버지도 한마디 해야지."

"아, 오늘이 당신 진짜 생일이여?"

"그으래! 그것도 모른당가? 흐흥."

"아, 생일 축하하네 잉."

아버지의 생일 축하한다는 말 한마디에 미역국을 입에 머금은 길심 씨의 입이 귀에 걸렸다. 팔순에도 아버지의 따뜻한 말이 웃음충전제이고 보약인가 보다.

설거지 후에 길심 씨를 찾아보니 침대에 엎드려 무언가 열심히 쓰고 있다. 가만히 들여다보니 가계부에 짤막한 일기를 쓰고 있었다. 수십 년 동안 해 온 일과라는 것을 알고 있었지만 오랜만에 그 현장을 목격하니 꾸준함에 가슴이 찡하다. 길심 씨는 거의 매일 그날의 일을 기록한다. 어떤 때는 며칠 몰아서 쓰기도 하고, 특별한 일이 없는 날은 칸이 비어 있기도 했다. 소리 나는 대로 써서 맞춤법도 틀리지만, 그런들 어떠리. 길심 씨의 놀라운 기억력은 여기서 나오고 있는 것이었다. 딸이 언제 왔다 갔는지, 고추밭에 농약은 언제 쳤는지, 영암 오일장에 무얼 사다 먹었는지, 논둑의 풀은 언제 베었는지…. 가계부는 어머니의 기억 창고였다.

억척스러울 만큼의 부지런함과 때때로 대장부 같은 큰

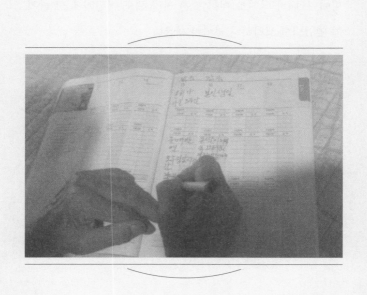

목소리를 내는 그녀지만, 가계부 일기장 안에는 또 다른 그녀
가 들어 있음을 새삼 깨닫는다. 희로애락이 담겨 있고, 저벅저
벅 나아간 발자국이 글로 찍혀 있다.

　오늘에야 비로소 나의 글쓰기가 그 일기장에서 나온
DNA가 아닐까 짐작해 본다. 잘 쓰고 못 쓰고를 떠나 쓰는 것
말이다. 내가 억지로 꿰어 맞춘 거라 해도 어딘가에 그 줄기
가 있었다고 생각하니 의미가 새롭다.

꽃들의 전쟁

폭염에도 집 안과 밖에는 꽃들이 난무하다. 길심 씨의 집 마당가에는 나리꽃, 채송화, 제라늄, 호박꽃, 참깨꽃, 오이꽃 등이 저마다 다투듯 아름다운 자태를 뽐내고 있다.

안방에는 화투판이 벌어졌다. 길심 씨의 돈 내놓으라는 큰소리와 아버지의 얼버무리는 웃음 속에 한 폭의 동양화 꽃이 피었다. 재미나게 꽃으로 싸운다. 두 분이서 날마다 하는 화투 놀음인데도 처음인 듯 흥미진진하다. 저렇게 재미있을까 싶어 길심 씨에게 물었다.

"엄마, 그렇게 재밌어?"

"치매에 좋다니 치제."

길심 씨가 화투 패에서 눈도 떼지 않고 대답한다. 신바람 나게 화투를 치면서 어쩔 수 없이 친다는 말투다. 딸 얼굴도 쳐다보지 않고 꽃그림에 빠졌다.

"자, 얼른 쳐! 뭐 해?"

"가만있어."

가만히 들어 보니 길심 씨가 성수 씨에게 전에 없이 반말을 한다. 깜짝 놀랐다. 아버지도 아무렇지 않게 '너냐, 나냐' 반말을 주고받는다. 왜 화투 칠 때는 반말을 하냐고 물었더니 놀음판에서는 그러는 거란다.

팔순 즈음엔 나도 아버지와 어머니처럼 살고 싶다. 경제적으로도 여유롭고 평생 살던 곳, 익숙한 곳에서 살며 자식들이 속 썩이지 않으니 이만한 삶이 있겠는가. 자식이 부모님처럼 살고 싶다는 생각이 들게 하는 것, 그보다 더 큰 성공이 있을까.

부모님과 시골에서 함께한 지 며칠이 지났다. 어릴 적에는 보지 못했던 두 분의 일상을 엿보는 재미가 쏠쏠하다. 이번 여름 시골살이의 백미는 안과 밖에서 보는 꽃들의 전쟁이다.

자고로 사람은 일을 해야제

비가 오락가락하는 날, 길심 씨가 들깨 모종 옮겨심기에 나섰
다. 모종 옮기기에는 딱 좋은 날씨다. 비님이 왔다가 해님이
나왔다가 하는 날씨를 보고 길심 씨는 호랑이 장가가는 날이
라고 한다. 내 어릴 적에도 비가 오다 해님이 반짝 나오는 날
엔 "야아, 호랑이 장가간다."라며 하늘 한번 쳐다보고 친구들
얼굴 한번 흘깃거리며 웃어댔다.

장갑을 끼고 호미를 들고 길심 씨 옆 밭고랑에 앉아 나도
하겠다고 나서니 너는 못한다며 손사래를 친다. 처음에는 말
리던 길심 씨가 마구마구 훈수를 둔다. 어느새 등 고랑에도
땀이 흐르고, 체했는지 지끈지끈 아프던 두통이 직방으로 사
라졌다. 반나절을 방에서 책도 못 보고 이리 뒹굴 저리 뒹굴
했는데도 사라지지 않던 두통이었다. 역시 인간은 정신을 쏟
아버릴 육체노동이 필요하다.

"엄마, 일하니 머리가 안 아프네."

"그래, 옛말에 누워서 떡을 먹자니 콩고물이 떨어져 눈에 들어가 힘들고, 삼 일을 누워 지내자니 엉덩이가 썩어나 힘들다드라. 나 어릴 적에 어른들이 한 이 말이 무슨 말인고 이해를 못하겠더니 나이 먹으니 이해가 되드랑께. 자고로 사람은 일을 해야제."

평생 흙에 파묻혀 살고도 아버지 어머니는 한 목소리로 입을 모아 일을 해야 한다고 말한다.

길심 씨가 씨를 뿌리고 싹을 틔워 키운 모종을 솎았다. 듬성듬성 싹이 올라오지 않은 곳에 옮겨 심었다. 이번 큰 비에 휩쓸려 내려가 텅 비어 버린 맨 땅에도 호미로 도랑을 내주고 솎은 모종을 심었다. 밭에서 들깨 모종을 솎아다가 자리를 옮겨 논두렁에도 심었다. 아무 데나 뿌리를 잘 내리고 어지간해서는 시들지 않고 잘 자란다고 한다. 흡사 우리 길심 씨를 닮았다.

눈두렁에 앉아 바라보는 내 고향 들녘의 풍경은 누가 사진을 찍어도 작품이다. 사진 찍기에 영 취미가 없는 나도 셔터를 마구 누르게 된다. 병풍처럼 우리 마을을 둘러선 월출산은 가히 기(氣)가 가득 찬 산이다. 있어 보니 이제야 알겠다.

나는 길심 씨 뒤를 따라다니며 수로에서 물을 퍼 담아 들깨모종에 물을 주었다. 오늘은 시들어 흙에 딱 붙어 있지만 내일이면 고개를 빳빳이 들고 월출산을 쳐다볼 것이다.

환골탈태

검은 새벽하늘에 번개가 번쩍번쩍, 천둥이 우르르 쾅쾅 소리를 내더니 굵은 빗줄기가 쏟아졌다. 어느새 날이 하얗게 새니 언제 그랬냐는 듯 해가 쨍쨍하다. 이름 모를 온갖 새들의 노래가 오묘한 화음으로 멋진 오케스트라를 방불케 한다. 아, 호동마을의 무대에는 음악감독이 필요 없다.

새들의 지저귐 속에 아침 식사를 마친 아버지가 읍내에 가자며 옷을 바꿔 입고 나를 계속 재촉한다. 시골살이 하는 동안 나는 부모님의 발이 되는 운전기사요, 기꺼이 삼시 세끼를 책임지는 식사 도우미다. 아버지는 어제부터 핸드카트의 낡고 낡은 바퀴를 바꾸겠다고 하고, 길심 씨는 아직 멀었다며 한사코 안 바꾸겠다고 바락바락 우겼다. 오늘은 성수 씨가 버럭버럭 화를 내고서 읍내로 바퀴를 사러 가자는 것이다.

사고로 다친 길심 씨는 일흔 무렵부터 허리가 굽기 시작해 지금은 거의 기역자 모양이다. 그러니 길심 씨에게 핸드카트는 단순히 짐만 나르는 도구가 아니다. 허리를 지탱해 걸음에 도움을 주는 보행기다. 전용 노인 보행기가 있지만 짐이 있을 때는 카트의 도움으로 논에도 가고 택배도 부치러 간다. 카트 바퀴가 닳고 닳아 잘 굴러가지 않는데도 아직 멀었다고 우기는 길심 씨를 보고 성수 씨가 어찌 속이 터지지 않겠는가.

아버지와 같이 읍내 자전거포에 들러 헌 바퀴를 보여 주고 새 바퀴를 사 왔다. 농사일로 아웅다웅 목소리 톤이 올라갈 때도 있지만 뭐니 뭐니 해도 길심 씨를 가장 챙기는 사람은 성수 씨다. 검정색 바퀴가 파랑색으로 바뀌었다. 손잡이와 깔 맞춤이라도 한 듯 환골탈태를 했다. 부디부디 새로운 바퀴가 우리 길심 씨 힘들지 않게 여기저기 다 데려다 주기를 바랄 뿐이다.

새로 태어난 핸드카트를 보고 성수 씨가 으스대며 길심 씨에게 말한다.

"2만 원 들었네. 2만 원 주소."

"아이고, 뭔 소리…."

"어야, 우리 집 돈주는 당신 아닌가."

아침이 벌써 한나절

새벽에 눈을 떠 보니 여지없이 길심 씨가 사라지고 없다. 한 마당을 사이에 두고 길심 씨와 나의 잠자리는 새집, 성수 씨는 옛집이다. 두 분은 매일 새벽 5시도 안 된 시간에 논으로 밭으로 간다. 오늘은 길심 씨가 4시에 눈이 떠져 옛집으로 가서 아버지와 화투로 한 판을 떴단다. 두 분의 화투패 시시비비를 가르는 큰소리가 마당을 건너 새집으로 들어와 나는 꿈결인가 했다.

　길심 씨네는 한 마당 두 지붕 집을 거느리고 산다. 수십 년 된 기와집이 낡아 몇 년 전에 아래 헛간채를 허물고 새집을 들였다. 그래서 두 분은 별거 아닌 별거를 하며 산다. 가끔은 합방도 한다. 새집을 비워 두면 안 된다고 왔다 갔다 하며 밥은 옛집에서, 쉬는 것은 새집에서, 잠은 따로따로 잔다. 두 딸이 새집을 지어 별거를 하게 만든 것이다.

5시에 논으로 밭으로 나간 길심 씨, 성수 씨는 8시경에 집으로 돌아온다. 시계나 핸드폰을 가지고 나간 것도 아닌데 얼추 같은 시간에 맞춰 들어와 수돗가에서 씻는다. 먼저 들어온 성수 씨가 나를 불러 등에 물을 부어 달라며 엎드린다. 실로 오랜만에 등목을 시켜 드린다. 등은 좁아졌고 어깨의 피부도 늘어져 쭈글쭈글하다. 내가 언제 또 등목을 시켜 드릴지 몰라 물 한 바가지에 사랑을 듬뿍 담아 끼얹는다. 그리고 수돗가를 가로지르는 빨랫줄에서 수건을 걷어 대령하여 드린다.

느지막이 일어난 나는 텃밭에서 고추, 가지를 따고 처마 밑 시렁에 매달린 마늘도 한 뿌리 쭉 뽑아다 바로 까서 양념으로 사용한다. 마당가 텃밭이 냉장고다. 서울에서라면 냉장고에 들어 있는 것들이 텃밭에, 처마 밑에, 창고에 다 있다. 마당을 한 바퀴 휘 돌아 부엌으로 가서 아침을 준비한다.

미리 아침 잠자리에서 일어나기 전에 어떤 요리를 할지 머리를 굴린다. 되도록이면 넘쳐나는 야채로 색다른 요리를 하고 길심 씨의 냉동고를 털어 단백질을 보충할 생선을 굽는다. 수돗가에서 길심 씨가 씻는 것을 보고서야 나는 상을 차린다. 길심 씨가 상차림을 보고 좋아한다.

"조오타. 얼씨구. 딸한테 밥을 얻어먹으니 다 맛있다."

어머니는 팔십 평생 입맛 까탈스럽기 그지없는 성수 씨 식사를 챙기느라 얼마나 힘들었을까. 나도 철이 드는지 여자로서 길심 씨의 수고가 헤아려진다. 그래서 어머니의 팔순 여행 후 눌러 앉은 것이다.

두 분은 새벽부터 꼬박 3시간을 일했으니 한나절 일을 한 셈이다. 맛있게 드시는 모습을 보니 서울에서 전전긍긍했던 모든 일들이 아무 일도 아닌 듯 사라진다. 효도보다 내게 더 힐링의 시간이 되고 있다. 아, 어쩌나. 이제 서울에 가기가 싫어졌다.

오리 대(vs) 장어, 오리 승

아침 설거지 후에 집안을 둘러보니 길심 씨가 보이지 않았다. 금세 사라졌다. 아침에 한나절 일을 하고도 모자라 금세 또 밭고랑에 앉아 있다. 나는 모자에 팔 토시, 목장갑까지 중무장을 하고서 길심 씨 맞은편 밭고랑에 앉았다.

월출산의 정기를 받은 우람한 소나무 아래 들깨 밭에서는 사각사각 호미로 흙을 긁어 밭 매는 소리와 길심 씨의 살아온 옛이야기 소리가 끝도 없이 이어진다. 어찌나 총기가 가득한지 아주 오래된 사연도 어제 일처럼 생생하게 이야기한다. '베갯머리송사'가 아니라 '밭고랑송사' 아닐런가. 대부분 들었던 이야기지만 송사니 처음 듣는 듯 추임새도 넣어 가며 듣는다. 밭고랑에 앉으니 지나쳤던 이야기들이 더 잘 들리고 속으로 눈물도 찔끔찔끔 삼킨다.

한낮의 해가 뜨거워지고 성수 씨의 화난 듯 거친 소리가 들려온다.

"난회 엄마, 난회 엄마, 얼른 오랑께. 뭣 한가?"

내가 먼저 엉덩이를 털고 일어나 집으로 오니 성수 씨가 말한다.

"너도 밭맸냐? 느그 엄마는 뭣 한다냐? 더운디 큰일 날라고."

얼른 길심 씨가 만들어 놓은 우뭇가사리 묵에 콩국을 부어 점심상을 차렸다. 셋이서 머리를 맞대고 큰 냉면기에 콩국한 그릇씩을 싹싹 비웠다. 노동 후의 식사는 달기만 하다. 점심 설거지를 하며 말했다.

"엄마, 이제 한숨 자 잉?"

"이잉. 알았다."

길심 씨의 낮잠은 짧다. 또 밭고랑으로 갈까 봐 내가 소리를 질렀다.

"우리 놀러 가세."

"그래, 좋다. 가자."

성수 씨는 벌써 옷을 입고 나온다. 마당에 있던 길심 씨도 다시 들어가 옷을 바꿔 입고 나온다. 그리하여 영암의 덕진 차밭으로 향했다. 월출산이 가장 아름답게 보인다는 차밭에 도착했지만 성수 씨는 별로 감흥이 없다. 차에서 내리지도 않는다. 길심 씨랑 내려서 찻잎도 한 장 떼서 질겅질겅 씹어 보고 사진도 찍었다. 길심 씨가 걸음을 멀리까지 옮길 수 있다면 차밭 전망대에 올라 월출산의 아름다움을 제대로 감상할 수 있으련만….

아쉬움을 뒤로하고 영암의 풍력 발전소로 코스를 다시 잡았다. 발전소로 들어서서 높이 오르니 거대한 풍력 발전기와 깊고 깊은 산 풍경은 차치하고 오늘따라 온 하늘에 하얀 물감을 풀어 놓은 듯 뭉게뭉게 피어오르는 구름이 반갑게 우리를 맞이해 준다.

길심 씨가 연신 흥분해서 말한다.

"저기 저기 좀 보쑈 잉. 우리가 꼭 비행기를 타고 아래를 내려다보는 것 같소 잉. 오매, 멋지요 잉."

"그랑께. 참말로 잘 해놨네."

"아버지도 여기 처음이제 잉?"

"그라제. 호동 사람들 아무도 여기는 안 와 봤을 거여."

길심 씨의 흑산도 팔순 여행 후 성수 씨는 여행에 맛이 들렸다. 내일은 어디로 갈거나….

차머리를 돌려 집으로 돌아가는 길에 영암 오일장에 들렀다. 주차장에 들어서기 전 길심 씨에게 말했다.

"엄마, 장에서 뭘 살 건지 얼른 생각하셔야지."

그러자 성수 씨가 얼른 답을 한다.

"오리를 사야제."

"안 해. 나는 장어를 살랑께."

길심 씨 말에 나도 한몫 거든다.

"나는 오리도 좋고, 장어도 좋네."

"그래도 오리가 맛있제."

"오리는 싫어, 요리할라면 힘들당께."

오리와 장어를 두고 옥신각신했다.

길심 씨가 장어를 파는 어물전으로 곧장 가 보니, 아뿔싸! 오후 아직 5시가 안 된 시간인데 시골장에서는 벌써 짐을 싸기 시작했다. 남은 장어는 트럭에 실었다고…. 이쯤에서 오늘의 오리 대 장어, 장어 대 오리에서 오리가 승이다.

길심 씨는 "에헤, 쯧쯧" 하며 아쉬운 입맛을 다시면서도, 성수 씨가 가장 좋아하는 오리탕을 끓이기 위해 배가 갈라진 채 판매대에 누워 있는 커다란 오리 한 마리를 샀다. 오리탕 전문가인 길심 씨는 집에 오자마자 장독대 항아리에서 잘 갈무리해 둔 토란대를 꺼냈다.

나이가 들어가는 것은 다시 아이가 되어 가는 것

"호오 호오옥, 호오 호오옥!"

"꼬끼요오!"

"삐삐삐 삐루아."

"째잭째잭째잭 째재잭."

시골의 아침 알람은 새들의 합창 소리다. 맞춰 놓지도 않은 알람이 어서 일어나라고 더욱 거세지고 있다. 폭염이라고 온 나라가 들끓지만 시골의 선선한 새벽 공기는 얇은 이불을 끌어당기게 한다.

시골에 사니 자연스레 아침형 인간이 되어 간다. 나이가 들어가는 것이기도 하다. 서울에서 가끔 뜬금없이 나를 찾아와 괴롭히던 불면증이 사라졌다. 깊게 자니 자는 시간은 오히려 줄었다. 기분 좋게 눈을 떠 다락방 천창으로 하늘가에 걸린 소나무를 감상한다. 잠을 깨우던 그 많은 합창 단원들은 어디에서 노래 솜씨를 뽐내는지 도통 보이지 않는다. 성수 씨, 길심 씨는 이미 논으로 밭으로 나갔다. 새집을 나와 마당 건너 옛집으로 들어가 아침을 준비한다.

성수 씨가 먼저 들어와 씻고 길심 씨를 기다린다. 길심 씨는 학교 가기 싫은 아이처럼 집으로 오는 길에 해찰을 한다. 핸드카트를 밀고 오며 농로에서 쉬었다가 남의 논도 기웃기웃 들여다보고 꽃도 본다. 자주 다니는 길이어도 새로운 길에 들어선 듯 두리번거린다. 집 사립에 들어서면서부터는 눈에 보이는 풀도 뽑고 작은 돌도 치운다. 그러다 보니 집에서 아침식사를 위해 기다리는 아버지와 나는 서로 어머니의 흥 아닌 흥을 보게 된다. 길심 씨는 그러거나 말거나 아랑곳하지 않는다. 꼭 아이 같다.

길심 씨가 밥상 앞에 앉으면 아버지는 논둑을 베는데 얼마나 힘들었는지에 대해 어리광을 부리듯 비로소 이야기한다.

"어메, 무자게 더워서 땀으로 목욕을 해부렀네."

"그랑께 힘들었겠소 잉. 고생했소."

성수 씨는 아이처럼 길심 씨에게 인정받고 싶어 한다. 두 분을 보니 아이가 되어 가고 있다.

사고 후 아버지는 낯선 곳에서는 의기소침하고 집에서는

한없이 당당하다. 점심때는 두 분이랑 순댓국집에 갔다. 아버지는 자주 오는 곳인데도 낯설어 두리번거리고 식사할 때도 아이처럼 자꾸 흘리고 입에 묻혀 가며 드신다. 전에는 그러지 않았는데 말이다. 문득 나이를 거꾸로 먹어 아이가 되어 가고 있는 것 같다. 영화 〈벤자민 버튼의 시간은 거꾸로 간다〉가 잠깐 스친다. 이럴 땐 마음이 짠하다.

밤에 잠들기 전에 나는 어머니의 궁둥이를 토닥거려 준다.

"아이고, 우리 길심 씨 오늘도 고생했네. 이제 얼른 주무셔."

은근히 아이처럼 좋아한다.

길심 씨가 지난밤에 자다 깨서는 잠이 오지 않아 거실 창가에 앉아 하나, 둘, 셋, 넷… 별을 세고 또 세었단다. 별을 세었다는 어머니가 낭만적으로 멋지게 느껴지기도 한다. 하지만 왠지 혼자 앉아 밤하늘을 올려다봤을 모습을 그려 보니 그 또한 가슴이 찡하다. 이제 나도 나이가 들어가니 부모님에 관한 한은 이래도 저래도 괜스레 코끝이 찡해지곤 한다.

어린 시절처럼 두 분과 함께한 지 10여 일이 되었다. 일에 대한 욕심과 집념만 빼면 걸음걸이도 아장아장, 드시는 것도 점점 아이 입맛으로 변해간다. 나이가 깊이 들어 다시 아이가 되어 가는 것은 어쩌면 왔던 곳으로 돌아가는 길이니 후회스럽지 않게 준비하고, 잘 맞이해야 하리라.

시골살이 하며 좋은 몇 가지

수돗가 장독대에 엉덩이를 걸치고 앉아 강낭콩을 깐다. 파란
하늘가, 흰 구름 아래 월출산 자락이 나를 건너다본다. 서울의
12층 아파트 거실에서 바로 보이는 남산 타워는 늘 뿌옇게만
보이는데 길심 씨네 마당에서 바로 보이는 월출산은 선명한
검푸른 빛에 행복해 보인다. 서늘한 바람이 뜨거운 햇살에 물
러나고 있다. 강낭콩 한 줌에 조 한 줌을 넣어 밥을 안쳤다.

아직도 새들의 합창소리는 돌림노래처럼 끊이지 않는다.
시골살이 2주째, 잠깐 사는 것과 터 잡고 사는 것은 확연히 다
를 게다. 잠시 머무는 것이니 모든 게 낭만적으로 느껴진다.
이제 바닥을 보이는 더치커피 한 잔도 서울에서 먹는 맛과 다
르다. 노동을 한 후에 낭만을 살짝 넣어 혼자 마시니 그 맛이
가히 설명할 수 없을 정도로 환상적이다.

늘 그렇듯 길심 씨는 아침 밥상에 또 지각이다. 성수 씨가

퉁생이(퉁명스러운 편잔)를 놓는다.

"참~ 아이고, 뭣 하느라 인자 와, 응?"

"얼른 먹소."

"난희 엄마는 딸이 밥해 주고 빨래해 주고 살림 다 해 주니 좋겠네. 딸이 해 주니 밥도 많이 먹구만."

"아버지, 내가 또 언제 와서 이렇게 있겠는가. 히히."

"그라제. 내가 오늘 죽을지 내일 죽을지 알겄냐."

성수 씨는 60부터, 아니 그전부터 여전히 죽음 타령이다.

"나는 조오타."

길심 씨가 웃으며 대답한다. 두 분이 처음에는 딸이 서울에 안 가고 시골에 있으니 동네 사람 눈도 살피고 은근히 걱정을 하더니 이제는 좋아한다.

이제 우리 셋은 모든 것에 익숙해지고 있으며, 나는 시골살이가 좋은 이유가 자꾸 늘어만 간다. 너무 길면 독이 될 수도 있으려나. 그중 편리하고 좋은 몇 가지를 적어 봤다.

새들과 풀벌레들의 합창 알람과 음악

스마트폰으로 블로그에 글을 올리고, 요리 레시피도 찾아보고, SNS도 하느라 데이터가 얼마 안 남았다. 음악 감상은 물론 라디오도 못 듣는다. 그나마 새들의 합창

소리가 아침 알람이요 숭고한 자연 음악이다. 높은 나뭇가지에 자리한 새들의 합창과 낮은 풀숲에 숨은 풀벌레들의 노래가 어우러져 여기서는 자연의 소리가 훌륭한 음악이 된다.

텃밭 냉장고

서울 집에서는 요리할 때 냉장고에서 꺼내야 하는 야채, 과일들이 여기선 마당가 텃밭에 널렸다. 없는 것 빼고 다 있다. 상추, 가지, 오이, 고추, 부추, 깻잎, 미나리, 호박, 머윗대, 대파, 수박, 참외, 방울토마토가 그것이다. 냉장고에 무언가 쌓여 있으면 썩어 나갈까 전전긍긍하며 가끔씩 냉장고 파먹기를 했었는데 여기서도 마찬가지다. 나는 애써 농사지은 것을 못 먹고 버리게 될까 봐 냉장고 파먹기 하듯 열심히 텃밭을 뒤져 야채반찬을 만들어 낸다. 하지만 길심 씨는 야채가 넘치면 넘치는 대로 부족하면 부족한 대로 썩어나가면 또 그대로 별로 신경 쓰지 않는다.

사방팔방 터진 넓은 수돗가 세탁실

이불을 빠느라 세탁기를 두어 번 돌리기는 했지만 거의

장독대 옆 수돗가에서 손빨래를 한다. 수건을 빨기도
하고, 내 옷은 물론 일하고 들어와 벗어 놓은 성수 씨의
작업복을 지하수 콸콸 틀어 세탁한다. 길심 씨는 일복
을 벗어 직접 주물러 넣고는 사방팔방 보이는 수돗가에
서 목욕까지 한다. 지하수라서 여름엔 시원하고 겨울엔
따뜻하다. 시원한 물로 한바탕 빨래를 하고 나면 더위
도 가시고 마음까지 깨끗해져 한없이 기분이 좋다. 수
돗가 세탁실에서라면 두 다리를 쭉 뻗고 빨래의자에 앉
아 하루 종일이라도 빨래를 할 수 있을 것만 같다.

빨랫줄 햇빛 건조기

서울에서 건조기를 쓰지 않는 나는 이곳에서 1시간이
면 뽀송하게 마르는 햇빛 건조기를 쓴다. 수돗가에서
빨래를 해서 바로 위에 쳐 놓은 빨랫줄에 널면 그만이
다. 돈 안 들이는 자연건조기다. 폭염에 햇볕이 강하여
너무 오래 두면 옷 색깔이 바랜다고 길심 씨는 늘 빨리
걷어 들인다. 나는 뽀송하다 못해 까슬한 느낌이 좋아
오래 둔다.

도마, 행주, 수세미의 햇빛 자연소독제

행주를 삶을 필요도 없다. 설거지 후 도마, 행주, 수세미를 들고 나와 장독대 항아리 뚜껑 위에 올려놓는다. 햇빛이 자연 소독제다. 햇빛은 뜨겁지만 시골살이에 요긴한 녀석이다. 한낮엔 너무 뜨거워 억척스러운 성수 씨, 길심 씨도 쉬어가게 한다.

시골살이 하며 좋은 것들 대부분이 햇볕이 해내는 일이며 농사에 팔 할도 그의 몫이라지만 내 얼굴, 팔다리로 쏟아져 오는 빛은 반길 수가 없다. 그에게서 나오는 자외선이 무섭다. 그래서 일할 땐 모자 쓰고 마스크 쓰고 꽁꽁 싸맨다. 그래도 고맙다는 인사는 해야겠다. 햇볕! 고맙다 잉!

성수 씨의 농사 투혼

성수 씨가 사라졌다. 새집에서 마당을 건너 옛집으로 가 보니 늘 그 자리, 아버지의 자리가 비었다.

"아버지! 아버지!"

대답이 없다. '설마 이 시간에 논에…?' 하는 생각이 미치자 얼른 마당을 나가 고샅길로 내달렸다. 길심 씨네는 마을 초입에 있다. 고샅길을 빠져나가 큰길에서 100미터 정도만 가면 들녘이다. 멀리 우리의 문전옥답을 바라보니 아버지가 보인다.

아뿔싸! 오후 5시도 안 된 시각, 아직도 해가 중천인데 해 질녘에 뿌리겠다던 거름을 아버지는 기어이 벌써 뿌리고 있다. 나는 집으로 돌아와 냉장고에서 물 한 병을 챙겨 들고 논으로 달렸다. 땡볕 더위가 기승을 부리는데 84세의 농부가 어깨에 거름통을 메고 흔들림 없이 손을 내두른다. 아버지는 성질이 급하다. 눈앞에 일을 두고는 참지 못한다. 일솜씨도 깔끔하고 정신없이 하는 스타일이라 젊었을 적부터 같은 시간에 남보다 두 배는 더 한다.

요즘 성수 씨의 걸음걸이는 어린아이처럼 건둥건둥하다. 딸인 내가 보기에 때로는 발이 꼬일 것 같아 불안하기도 하다. 그런 노인이 당당하게 무거운 비료 거름통을 크로스로 어깨에 메고 옆구리에 걸친 채, 같은 동작으로 거름을 뿌리며 벼 이랑 사이를 걷는다. 성수 씨 얼굴은 땀범벅이고 위 셔츠는 젖어 몸에 달라붙었다.

거름통이 비었나 보다. 아버지가 맞은편 논둑으로 올라간다. 나는 얼른 논둑을 달려 아버지에게로 갔다.

"뭣 하러 왔냐? 가그라."

"아버지! 지금 일하면 어떡해? 큰일 나. 저녁때 한다고 했잖아."

"괜찮해."

아버지 얼굴에서 땀이 비 오듯 쏟아지고 콧물까지 범벅이다. 물병 뚜껑을 열어 내밀었더니 콧물을 '힝!' 풀어내고는 벌컥벌컥 마신다. 사는 게 무엇일까? 성수 씨가 늘 하던 말이 다시금 떠오르는 순간이다.

"내일 죽을망정 허덕이는 게 인생이제."

지난 10여 년간 다른 사람에게 논을 빌려주어 농사를 안 짓다가 작년부터 논배미 두 군데를 농협에 맡겨 짓기 시작했다. 우리 논가에 농협 깃발이 꽂혀 있다. 그럼에도 온전히 다 맡기지 못하고 거름을 뿌리고 있는 것이다. 모내기, 농약, 벼 베기 등은 농협에서 기계로 모두 다 해 준단다. 두 노인이 경제적으로 충분하고 통장에 돈이 쌓여 있건만 농사 직불금, 농어민 수당, 경관 자금을 포기하기 아까워 논농사를 짓는다. 이 모든 게 길심 씨가 논농사가 밭농사보다 훨씬 수월하다고 성수 씨를 꼬드긴 탓이다.

　　길심 씨의 굽은 허리 때문에 큰일을 하는 데는 성수 씨가 죽어난다. 대신에 고물고물 할 수 있는 일, 작은 일은 길심 씨가 아침저녁으로 쉼 없이 한다. 이번 참에 내년에는 한 군데만 짓기로 다짐을 받았다. 농협에 맡겨 지으니 논둑에 풀만 베고 물꼬만 보면 된다며 눈길을 피하는 길심 씨 대답이 영 시원치가 않다. 그래도 이마저도 두 분이 할 만하니 할 거라고 생각하기로 한다. 다행이고 감사한 일이다.

　　나는 카트에 빈 비료 포대를 올리고 거름통을 메고 집으로 돌아왔다. 농로를 따라 집으로 돌아오는 길, 아버지의 걸음걸이가 허공을 걷는 듯 비척거린다. 먼저 가라며 나를 향해 계속 손짓을 한다.

저녁을 먹으며 아버지에게 물었다.

"아버지! 논에서는 왜 그렇게 비척거리지도 않고 걸음을 잘 걸어?"

"정신을 꽉 차렸제. 내가 젊었으면 그까짓 몇 마지기는 문제도 아닌디, 인젠 늙어부렀네."

성수 씨의 농사 투혼이 계속되기를 바라야 하는지 진정 내려놓길 바라야 하는지 모르겠는 하루다. 일은 인생에서 중요한 삶의 의미가 아니던가….

풀과의 전쟁

"길심 씨! 길심 씨가 이길까, 풀이 이길까?"

"내가 이기제."

"그래? 어떻게 이겨?"

"지금은 풀을 매야 되지만 곡식이 더 크면 풀이 곡식 밑
으로 들어가분께 못 크제. 그랑께 내가 풀을 이기제."

며칠째 아침저녁으로 풀을 매다 매다 끝이 없을 것 같아,
밭고랑에 앉아 내가 길심 씨에게 물어본 이야기다. 평생 풀을
이겼으니 일가를 이루고 자식들 뒷바라지하고 노후도 잘 보
내고 있을 것이다.

"엄마! 이 밭을 언제 다 매지?"

"눈이 게으르지, 금방 다 맨다아."

길심 씨가 콧노래까지 부르며 호미로 흙을 긁어댄다. 또
다시

"엄마, 이렇게 폭염인디 들깨 모종을 옮기면 살겄어? 조금 더 크면 비 온 뒤에 하자니까. 봐봐, 고생해서 옮겨 심었는디 죽었잖아."

선무당이 소리치자 익은 무당이 말한다.

"그랑께. 그래도 할 수 없제. 지 운명이 죽을 운명이면 죽었겄제. 살 놈은 살고 죽을 놈은 죽고."

어떻게든 본인 좋은 쪽으로 생각하고, 지난 일에는 절대 연연해하지 않으며, 풀이 죽는 법이 없는 길심 씨다.

내가 이런 부분 반만이라도 엄마를 닮았으면 좋으련만…, 나는 조그만 바람에도 흔들리고, 안 좋은 쪽으로만 생각하고, 한없이 그쪽으로 나를 끌고 간다.

"엄마! 나 요즘 글 쓰고 있는데 책 낼 수 있을까? 책 내서 작가가 되고 돈도 많이 벌고 싶은데…. 그러니까 엄마가 기도 좀 많이 해 봐."

"흐응, 그랑께. 그란디 내가 기도한다고 되겄어? 니가 그럴 운명이면 그렇게 되겄제."

"그래도 딸 위해서 기도 좀 해."

"알았어 흐응."

그럴 운명? 나는 어떤 운명일까?

농사는 끊임없는 풀과의 전쟁이다. 길심 씨는 들깨 밭에서, 성수 씨는 논둑에서 끊임없이 풀을 매고, 베면서도 전쟁이라 여기지 않는다.

"엄마, 풀매는 게 재밌어?"

"재밌응께 하제, 재미없으면 하겄어? 니가 풀 매준께 밭이 개안하다."

끝나지 않을 것 같은 일에도 끝은 있게 마련이지만, 끝나고 나면 또 시작이다. 엄천에 성수 씨는 논둑의 풀을 다 베었다. 이제 벼이삭이 나올 때쯤 한 번만 더 베면 올해는 끝이라고 한다.

"아버지! 오늘은 논둑 안 비어도(베도) 되네 잉."

"그라제. 그란디 끝이 있간디? 또 집 뒤의 풀을 비어야제."

아이고, 이놈의 풀, 풀, 풀.

길심 씨의 60년지기 혼수품

"엄마, 이게 뭐여? 아직도 있었네."

"내 혼수제. 니 외할머니가 나 시집올 때 해 준 거여."

옛집 부엌으로 들어가는 문 밖의 천장에 매달린 구멍 숭숭 뚫린 양은 바꾸리(바구니)를 보고 물었더니 길심 씨의 눈이 반짝 빛난다.

"옛날에 쌀이 귀할 때 보리쌀 삶아서 여그다 퍼 놓고 이렇게 걸어 놨제. 밥할 때는 바꾸리 내려서 보리밥 한 주먹 푹 떠서 솥 밑에다 깔고는 쌀은 그 우에 한 자밤이나 올리고 밥을 했제."

"맞어. 나도 생각나네."

내친김에 길심 씨의 기억을 더듬어 집안 여기저기 방치되어 먼지 낀 혼수품을 찾아 모았다. 내가 먼지를 털어 내고 깨끗이 닦는 동안 길심 씨는 살림살이 하나하나에 얽힌 사연을 풀어낸다. 길심 씨의 60년지기를 살피다 보니 새록새록 정답다. 내가 어렸을 때 그것들이 자리했던 곳의 풍경과 그 쓰임새가 보이는 듯하다. 그 시절, 혼수로 해 온 것들 중에 동네에선 귀해서 대접받았던 것들이 있다. 60년 전 그때, 서울 등 도회지에서는 볼품없는 것들이었을지 몰라도 말이다.

그중 눈에 확 들어오는 것은 정물화 액자다. 지금으로 따지면 인테리어 액자를 혼수로 해 오다니. 길심 씨의 친정, 나의 외가는 꽤나 잘사는 집이었더랬다. 40여 년 전 내가 중학교에 다닐 때 읍내에서 외할아버지를 만났다. 중절모를 쓰고 구두를 신고 하얀 린넨 셔츠에 날이 바짝 선 진회색 바지를 입고 멋으로 지팡이를 들고 있었다. 웃는 모습에 잘 생기고 키 큰 노신사는 지금 생각해도 참으로 멋들어졌다. 구한말을 배경으로 한 드라마 〈미스터 션샤인〉을 보고 외할아버지가 떠올랐다.

외가에서 부자로 잘살았던 길심 씨는 전씨가 양반이라고 가난한 집으로 시집을 왔다. 고기도 먹어 본 사람이 잘 먹는다고 어머니는 잘 먹고 잘 입고 살아서인지 음식 솜씨도, 바느질 솜씨도 좋았다. 그중 혼수로 해 온 말총으로 만든 체는 쓰임이 많았다. 그 체로 술지게미 걸러 술을 빚고, 메밀가루 걸러 메밀묵을, 엿기름 걸러 식혜를 만들었다. 하지만 이제는

편리해진 생활 도구와 인스턴트식품으로 제 할 일을 잃고 먼지만 뒤집어쓰고 창고 벽에 걸려 있다.

"엄마, 이 은색 양은 다라이(대야)는 어디다 많이 썼는가?"

"그때는 고무 다라도 없고 이런 양은 다라는 귀해서 인기가 좋았제. 엄마가 제금나고(분가하고) 나서 느그 할머니네서 많이 빌려 갔제. 장에 감 팔러 다닐 때 바구니에 담아서 머리에 이고 가면 깨지고 터져서 감물이 흐르면 징하제. 근디 여그다 담아서 이고 가면 좋제."

"아, 그렇것네 잉."

"그라고 느그 할아버지가 한봉(韓蜂)을 하다 보니 청(꿀)을 딸 때면 빌려 갔제. 어느 날 너를 맡게 놨다 젖을 먹이러 가서 보니 이 다라에 청을 가득 따놨더라. 그래서 몰래 두 숟가락을 퍼먹었다. 흐흐흐… 그때는 먹을 것이 귀했제. 내가 이 동네서는 혼수품을 많이 해온 폭이제. 느그 큰 당숙모가 각시 굿 보고 가서는 내가 농지기(장롱에 들어갈 옷)는 제일 많이 해왔다고 그랬다등만. 옷 담아온 고리짝 문이 방방했응께."

이제 60년지기 혼수품은 낡고, 신문물의 등장으로 오래전에 제 할 일을 잃었다. 길심 씨의 몸도 혼수품처럼 낡아져 허리가 굽고 햇빛에 그을린 검은 얼굴엔 주름이 깊은 골짜기를 이루었다. 팔다리의 피부도 늘어지고 가늘어졌다. 하지만 할 일은 끝이 없다. 논과 밭에서는 작물들이 그녀의 손길을, 집에서는 성수 씨가 길심 씨의 손맛을 기다리고 있다, 자식들은 또 어떤가….

같은 60년지기지만 아직도 할 일이 넘쳐나는 길심 씨하고는 급이 다르다.

밭고랑 어록

들깨 밭고랑에서 길심 씨가 하늘과 땅과 바람과 구름과 소나무와 회동 중이다. 오늘 길심 씨의 무기는 호미요, 나의 무기는 물조루(물뿌리개의 전라도 방언)다. 길심 씨가 밭고랑에 앉았는데 내가 어찌 따라나서지 않을 수 있겠는가. 삼시 세 끼 챙기랴, 길심 씨의 꽁무니 따라다니랴 바쁘다.

　길심 씨는 들깨 싹이 촘촘하게 난 곳에서 모종을 뽑아다가 드물게 난 곳이나 나지 않는 곳에 옮겨 심는다. 밭 옆에는 영산강 수로가 지나간다. 나는 수로 가장자리에 엎드려 물조루를 기울여 물을 담아서는 모종에 물을 준다. 벌써 며칠째 아침저녁으로 이 일을 하고 있다. 씨 뿌리고, 김매고, 옮겨 심고, 가뭄에 물 주고…. 들깨 키우는 데 이렇게 많은 손길이 갈 줄이야.

　요즘 역대급 폭염이라 가뭄에 흙이 뜨겁다. 물을 주고 있는데 갑자기 후두둑 빗방울이 떨어진다.

"야야, 야야, 얼릉얼릉 집에 가서 고추 들여 놔야제."

나는 집으로 뛰어가 마당에 널어놓은 고추를 들여놓고 다시 밭으로 왔다. 우리가 괜한 헛수고를 한 것 같았다.

"엄마, 비가 올 것 같은데 물을 줘야 하나? 이렇게 물을 줬는데 비 오면 억울하잖아."

"그래도 그 공은 어디 안 가겠제."

그래, 맞다. 구더기 무서워 장 못 담글까? 비가 올 때 오더라도 주던 물은 줘야지. 몇 방울 떨어지던 비가 어느새 그쳤다. 해가 슬며시 얼굴을 내밀고 기온이 훅 올라간다. 옮겨 심은 모종은 온몸을 축 늘어뜨리고 흙에 배를 깔았다. 이주 몸살을 이겨 내고 몸을 곧추세울 수 있을지 걱정스럽다.

길심 씨가 엉덩이를 떼어 옮겨가며 말한다.

"칠 년 가뭄에도 어느 날 비 안 온 날 없고, 석 달 장마에도 어느 날 볕 안 난 날 없다더라."

"엄마, 뭐라고? 다시 한번 말해 봐!"

갑자기 몇 년 전의 상황이 떠오른다. 남편이 무리한 사업으로 4년 동안 컴컴한 터널을 지나고 있을 때도 언뜻언뜻 빛은 있었다. 그 안에 있을 때는 모르고, 지나고 나서야 깨닫게 되지만 말이다. 당시에 알아보고 즐기면 좋으련만….

"이 비가 한 방울인 거 같아도 이것들한테는 금방울이여."

한 방울 비도 식물들한테는 금방울처럼 귀하다니…. 밭고랑에 앉은 길심 씨의 어록은 계속된다. 이런 금쪽같은 말을 어떻게 알아서 쓰는 것일까? 삶에서 터득한 것일까? 이럴 때는 또 다른 모습의 길심 씨, 원래의 길심 씨를 보는 것 같아 마음이 흐뭇해진다.

붕어빵을 냉장고에?

"느그 아버지가 붕어빵을 좋아항께, 장에 가먼 많이 사다 냉장고에 넣어 놨다 먹는다."

"엄마, 붕어빵을 냉장고에 넣어 논다고?"

"이잉, 하나씩 꺼내 먹으면 좋드만."

"붕어빵을 냉장고에 넣어 놨다 먹으면 맛이 없제."

"아니여, 맛있어."

지난해 가을쯤 서울에서 길심 씨와 전화로 통화한 이야기다. 나는 서울에서는 서울말을 쓰지만 길심 씨랑 통화할 때는 자동으로 사투리 모드로 변환된다. 전화를 끊고도 엄마 말이 이해되지 않아 남편에게 이 이야기를 하며 계속 고개를 갸웃거렸다.

"아니, 붕어빵은 뜨거울 때 먹어야 맛있지. 어떻게 냉장고에 넣어 놨다 드시냐고?"

"드실 만하니 드시겠지."

나의 계속되는 물음에 남편이 말했다.

그 후로 길심 씨랑 또 통화를 하면서 붕어빵의 정체를 드디어 알게 되었다. 그것은 길거리 포장마차에서 구워 파는 붕어 모양의 풀빵이 아니고 빙그레에서 나온 싸만코 아이스크림이었던 것이다.

"엄마, 그거 붕어빵이 아니고 아이스크림이잖아."

"아, 몰라. 붕어처럼 생겼응께 붕어빵이제."

하긴 산골짜기 마을에서는 물론, 읍내에서도 붕어빵을 구경 못 했을 수도 있다. 해외 여러 나라 구경은 했어도 진짜 붕어빵 구경을 못 한 길심 씨에게 아이스크림이라고 타박을 했다. 읍내에 붕어빵을 파는 곳이 있다손 치더라도 자주 나가는 것도 아니고 사시사철 파는 것도 아니니까. 서울에 오셨을 때도 붕어빵을 사드린 기억은 없다. 이렇게 나의 붕어빵과 길심 씨의 붕어빵은 달랐던 것이다.

아버지는 날마다 오후 새참 시간이 되면 냉동실에서 그런 사연이 있는 붕어빵을 꺼내다 나에게 내민다. 성수 씨랑 함께 먹는 떡붕어 싸만코 아이스크림은 더 맛나다.

길심 씨는 오늘도 마을회관 앞 정자로 마실을 나갔다. 동네 아짐들이 돌아가며 맛있는 간식을 들고 나온단다. 나도 며칠 전 읍내에서 빵과 음료를 사다가 마을 정자에 놓아 드렸다. 길심 씨의 어깨가 좀 올라갔을라나. 요즘 뜨거워도 너무 뜨거워 햇빛에 나가면 진짜 붕어빵처럼 구워질 것만 같다.

모든 것에는 다 때가 있다

사람이든 동물이든 혹은 식물이든, 살아 있는 모든 것에는 다 때가 있다. 나이 80이 되어도 한시도 농사일과 세끼 밥에서 놓여나지 못 하는 길심 씨를 보며 호복하게 삼시 세끼 따뜻한 밥을 지어 드리고 싶었다. 대단한 거사라도 된 듯 마음만 먹고 벼르던 일이 때가 된 듯 자연스레 찾아왔다. 지금 내 고향 영암, 호동마을 길심 씨네서 시골살이 20여 일째다.

　그나마 부모님이 활동 가능하실 때 함께할 수 있어 살며, 사랑하며, 일하며, 여행하며 추억을 쌓고 있다. 너무 늦어 시기를 놓치고 나서 후회할까 봐 효도를 한답시고 시골살이 중이지만, 따지고 보면 나를 위한 일이다. 부모님은 한없이 나를 기다려 주지 않는다. 길심 씨와 함께하는 밭고랑에도 우리네 삶이 그대로 들어 있다. 때를 알고 때를 지키는 일을 자연에서 배운다.

어머니는 밭고랑, 논고랑에서만 반백 년을 넘게 살아오고 있는 워커홀릭이다. 그 속에서 스스로 터득한 철학이 있다. 들깨 모종을 옮겨 심는 길심 씨에게 물었다.

"엄마, 이런 가뭄에 옮겨 심으면 살겠어? 비 온 뒤에 심어야 되지 않을까?"

"아이고, 즈그들도 이제 곧 꽃 필 연구를 하고 있는디 너무 늦게 옮겨 심으면 몸살 나서 꽃이 못 피제. 이렇게 가물어도 다 때가 있응께 워쩌겄어."

밭에는 길심 씨를 바라보고 기다리는 아이들이 가득하다. 때를 맞춰 심고, 매고, 거둬들여야 한다. 녹두 꼬투리가 녹색에서 검은색으로 변했다. 따야 한다. 오래 두면 톡톡 튀어나간다. 고추도 초록에서 검붉어지며 붉은색으로 변하고 있다. 때맞춰 따 주지 않으면 물커지고, 떨어지면 가치를 잃고만다. 그래서 길심 씨는 시기를 놓치지 않기 위해 동분서주한다. 때를 알고 때를 맞추는 것은 쉽지 않다.

일을 할 수 없는 한낮엔 길심 씨는 거의 매일 마을회관 정자로 마실을 간다. 마실을 다녀온 어머니는 제비가 먹이를 물어다 새끼 입에 넣어 주듯 동네 소식을 물어다 아버지에게 전한다. 동네 어르신 중에 남자 분들은 몇 분 안 계신다. 남자들의 평균 수명이 여자들에 비해 짧다는 걸 증명한다. 그래서 마을회관은 여자분들, 아짐들 차지다. 한때는 남자 분들이 차지하던 때도 있었다. 때는 머물러 있지 않고 흘러간다.

성수 씨와 길심 씨는 새벽에 들로 나가 한나절 일을 하고 들어온다. 때(끼니)를 잘 맞춰 들어오는 성수 씨에 비해 길심 씨는 누군가를 만나느라, 오다가도 자꾸만 보이는 풀을 포기할 수 없어서, 마당에 들어서서도 흐트러진 무언가를 정리하기 위해서 식사 시간을 잘 맞추지 못한다. 길심 씨의 특기다. 아버지와 나는 길심 씨에게 폭풍 잔소리에 화까지 내보지만 고쳐지지 않는다. 농사 때는 잘 맞추지만, 끼니 때는 잘 맞추지 못 하는 길심 씨를 어이하리요.

미니멀리스트와 맥시멀리스트의 공생

"으이그, 내가 못 살어. 딱 뽑아부렀구만. 뭘 심어 놀 수가 없당께."

새벽 어스름 녘 논에 나갔다가 월출산 자락 위에 떠오른 아침 해와 함께 나란히 들어서던 길심 씨가 마당가에 앉아 혼잣말로 넋두리를 하고 있다. 성수 씨가 마당에 빗자루질을 하면서 시멘트 깨진 틈 사이로 나온 하루살이꽃을 뽑아 버린 것이다. 나는 어머니의 넋두리를 못 들은 체했다. 말릴 새도 없이 바로 그 현장을 목격했기 때문이다.

읍내에서 얻어다 심은 것인데, 꽃 한 번 피우고는 죽어버려 속상했단다. 그런데 어느 날 보니 씨가 날아가 마당의 깨진 시멘트 틈 사이에 피었더란다. 반가워 뽑지 말라고 신신당부를 했는데 성수 씨가 기어코 뽑아버렸으니…. 꽃을 찾아다 다시 심자 했더니 요즘 같은 날씨에 살겠냐며 포기한다.

길심 씨는 뭐든지 버리지 못하고 성수 씨는 툭 하면 버린다. 성수 씨는 화분에 심긴 꽃도 있어야 할 자리가 아니면 뽑아버린다. 그래서 길심 씨는 집안에 뭐가 안 보이면 덮어놓고 성수 씨 탓을 한다. 성수 씨도 마찬가지다. 집안이 지저분하면 버릴 줄 모른다고 길심 씨에게 타박을 한다. 성격이 서로 비슷한 게 좋은 것일까, 서로 다른 게 좋은 것일까? 성수 씨 같으면 집안에 남아나는 게 없을 것이고, 길심 씨 같으면 아마도 집안이 쓰레기장이 될지도 모른다. 길심 씨는 물건을 살 때 담아 주는 비닐봉지 하나도 버리지 않고 여기저기 쑤셔 박아 놓는다. 심지어 젖은 비닐봉지는 씻어서 빨랫줄에 말려 사용한다. 하지만 성수 씨는 용케도 찾아서는 버려 버린다. 새 비닐 팩이 쌓여 있지만 언제나 쑤셔 박아 놓은 봉지를 찾아 쓰려는 길심 씨를 아버지는 이해하지 못한다.

몇 달 전 동생이 길심 씨네 와서 머물다 간 적이 있다. 동생은 집을 들어 엎어 길심 씨가 오랫동안 쌓아 놓고 안 쓰는 물건들을 아버지랑 죽이 맞아서 버리고 정리했다. 옛집, 새집의 집안이 훤해졌다. 하지만 길심 씨는 요즘도 무언가 찾다가 없으면 구시렁거린다. 아무리 정리가 안 된 듯 보여도 나름의 질서가 있었던 것이다.

내일이면 7월의 마지막 날이다. 성수 씨가 벌써 달력 한

장을 떴다. 어제는 길심 씨가 달력을 내려놓고 그동안 뒤로 넘기지 않고 찢어 내버린 것을 보고 투덜거렸다.

"뭣 할라고 찢어 내버리까 잉. 뒤로 뒤께 노면 뭐라도 한 번씩 찾아볼 것인디."

달력 한 장도 한 사람은 떼어내고, 한 사람은 넘겨 놓자 한다. 달라도 너무 다르다. 그래서 오늘 성수 씨가 달력을 떼 버리는 것을 길심 씨에게 일러바쳤더니 이렇게 말한다.

"내비 둬라. 내가 어쩌것냐?"

어제의 투덜거림은 또 어디로 갔나? 실상은 혼자서만 구시렁거릴 뿐 앞에서는 아무 말 하지 않는다. 딸이 있어 하소연하는 것이지, 앞과 뒤가 다르게 공생하는 법을 알고 있다. 나이가 드시니 때론 아이처럼 사는 성수 씨와 길심 씨의 일상이 귀엽기만 하다.

고모네 집을 찾아서

길을 잘못 들었다. 가다 보니 집도 없고 마을도 보이지 않는다. 운전석에 앉은 나를 포함해 성수 씨와 길심 씨도 창밖을 계속 두리번거린다. 예전의 모습은 온데간데없다. 논도, 밭도, 길도 달라졌지만 저수지만이 이곳이 맞으니 어서 오라고, 잘 왔다고 고요하게 말하고 있는 듯했다. 이대로 직진하면 집으로 돌아가는 수밖에 없다. 다행히도 금세 보인 찻길 오른쪽 빈터에 차를 세우고 기억을 더듬었다. 되돌아가야 할 것 같았다. 차가 뜸한 시골길에서 다급한 마음에 불법 유턴을 했다.

월출산이 가장 아름답게 보인다는 영암 덕진 차밭에 도착해서도 차에서 내리지 않던 아버지가 여길 가 보고 싶다고 했을 때 '오호라! 마음을 가지고 있으면 언제고 이렇게 기회가 오는구나.' 생각했다. 나도 한번 가 보고 싶었으니까. 앨범 속 어린 시절의 빛바랜 흑백사진처럼 내 기억 속에도 그렇게 희미하게 남아 있다. 가끔씩 꿈인 듯 기억인 듯 그곳에서 놀았던 일이 생각난다. 반갑게 맞아 주고 그 시간을 감내해 준 고모, 고모부 두 분의 사랑이 내가 나이가 들어가면서 더 감사하게 다가왔다.

길심 씨는 뭐 하러 가냐고, 가 봐야 소용없다고 그냥 바로 집으로 돌아가자고 하더니 근처에 와서는 가장 열심히 기억을 더듬어 길을 찾았다. 멀리 집이 보이는 마을길로 접어들었다. 내가 초등학교 때인지 그 전인지 정확하지 않지만 사촌 오빠랑 같이 찾아간 기억이 있다. 오랜 세월은 부모님에게도 흘렀으니 길을 잘못 들 만도 하다. 몇 채의 집이 눈에 들어오고 옹기종기 마을이 보이자 아버지가 말한다.

"여그가 맞구만…."

감회에 젖은 듯 갈라진 목소리가 촉촉해진다.

"누나가 여그 살았제. 몇 번 와 봤는디 이렇게 달라져 부렀으까?"

마을 안으로 들어가자 정자에 남자 어르신 두어 분이 앉아 계신다. 거기를 지나 위로 올라가니 아버지가 왼쪽으로 가라고 한다. 나는 운전대를 왼쪽으로 돌렸다. 내 기억 속에는 어렴풋이 그 집의 구조와 언니랑 동생들과 놀았던 기억만 있을 뿐, 마을 안 골목길은 거의 기억나지 않았다. 아버지도 차창 밖으로 연신 두리번거릴 뿐 집을 찾지 못했다. 결국 정자에 앉아 계셨던 분들에게 물어 골목에 차를 세웠다.

시골살이 중 딸이 떠날 날이 며칠 남지 않았을 때 성수 씨가 외식을 하자고 했었다. 그 틈을 놓치지 않고 길심 씨가 물었다.

"그럼 당신이 쏘쇼 잉?"

"그람, 내가 가자고 했응께 내가 내야제."

성수 씨가 호기롭게 대답했다. 점심시간에 맞춰 내가 출발 시간을 정했다. 정확한 시간을 정해 놓지 않으면 계속 재촉하는 성수 씨를 시골살이 하며 알았기 때문이다

아버지는 소파에 앉아 재촉은 못 한다. 다만 나를 눈으로만 쫓고 있다.

"아버지! 가세!"

내 말이 떨어지기 무섭게 성수 씨가 얼른 일어나 마당으로 나가 고샅길에 세워 둔 차에 오른다. 어머니는 허둥지둥 윗옷을 여미지도 못하고 차에 탔다. 여행 가듯 강진에 있는 매운탕 집으로 향했다. 몇 번 간 적이 있는 곳이다. 영암 읍내를 지나 고작해야 20~30분 거리를 가면서도 두 분은 어린아이처럼 창밖으로 스쳐 지나가는 논밭을 보며 다른 나라 구경

하듯 도란도란 이야기를 한다. 나는 최대한 속도를 늦추었다.

"우리 깨보다 더 잘 되얐구만."

"여기도 고구마를 많이 심었네 잉."

"나락은 우리 것이 더 잘 되얐구만. 흐흥."

"아이고, 여기도 우사가 있구만."

"아야, 아야, 이 길이 맞냐? 으응, 맞구만."

아버지 덕분에 점심으로 맛있는 메기매운탕을 먹고 차에 올랐다. 이제는 어디 가고 싶은가 물으니 아버지가 청룡동으로 돌아서 가자고 한다. 이곳 식당을 오가는 큰 길에서 안쪽으로 들어가 있는 마을이다. 두어 번 식당을 오가며 그때마다 그곳을 들러 보고 싶었던 모양이다. 수십 년의 세월이 흘렀지만 피를 나눴는데 왜 그러지 않았겠나. 집에서 그리 멀지도 않은데 그동안 마음속에만 담아 놓고 갈 이유를 찾지 못한 것이다. 누님은 진즉에 돌아가셨지만 집이라도 보고 싶었던 모양이다. 그 언저리만 지나도 누님 생각이 났을 아버지를 생각하니 순간 가슴이 먹먹하다. 어디 가고 싶은지 묻지 않았다면 마음에 묻어 버리고 지나쳤을지도 모를 일이다.

아버지와 나만 차에서 내려 골목으로 들어갔다. 첫 번째 집이 아닌가 살폈다. 아버지도 나도 고개만 갸웃거렸다. 더 안쪽으로 발걸음을 옮기니 대문이 굳게 잠긴 집이 있다. 긴가민

가하는 순간 오래된 무언가를 발견했다. 바로 고모부의 함자가 적힌 문패였다. 이미 빈집이 되었지만 대문을 활짝 열고 오래전의 그 기억 속으로 나는 벌써 들어가고 있었다. 자꾸 문을 흔드니 아버지가 말린다. 발뒤꿈치를 들고 목을 한껏 빼고 집안을 기웃거렸다. 잘 보이지 않았다. 대문 옆으로 가 보니 살짝 허물어진 담장 위로 우거진 담쟁이덩굴이 보초를 서고 있다. 폭염에 보초들이 시들한 사이 아버지랑 기억을 떠올리며 집안을 빠르게 이리저리 훑어보았다.

희미한 내 기억에도 집은 크게 바뀌지 않았다. 주인 잃은 문패를 그대로 달고 있는 집은 비어 있다. 마루 왼쪽의 끝 방문 문고리를 당겨 열고 들어가면 작은 방이 나올 것이다. 그 방에서 왁자지껄 재미나게 노는 아이들의 웃음소리가 들려오는 것만 같다. 내 웃음소리도 들어 있다. 마루에는 양파가 널어져 있다. 영암 읍내에 가까이 사는 언니가 밭농사를 지으며 집을 건사할 것이다. 고모가 살아계셨다면 더 두꺼운 끈으로 연결되었을 테지만 끈은 점점 가늘어졌다.

코로나로 어느 곳도 가기 힘든 세상이 되었다. 이번 추석 명절에도 비대면으로 숫자를 세어가며 시골 부모님을 만나러 가야 할지도 모른다. 아주 오래전에 병으로 돌아가신 고모와 그 후에 불의의 사고로 영면하신 고모부는 10남매를 두었다.

벌써 수십 년이 흘렀다. 10남매를 두고도 조카들이 놀러 오는 걸 싫은 내색 않고 반겨 주시던 분들이다. 지금은 어떤가? 코로나 시국이 아니라도 친척 집 왕래가 어려운 시대다. 이제야 깨닫는다. 몸이 오고 가야 마음도 오고 간다는 걸. 어릴 적 고모 집에서 놀던 기억으로, 잦은 왕래는 없지만 고모네의 사촌 언니, 오빠, 동생들이 내게는 특별하다.

지금은 구십 즈음이 되었을 고모 내외분은 내 기억 속에 아직도 젊은 날의 모습 그대로다. 아버지는 담장에 서서 어떤 모습의 누나를 떠올렸을까? 비어 있는 집을 뒤로하고 땅만 바라보고 나오는 아버지의 얼굴에는 알 수 없는 쓸쓸함이 배어 있다. 아버지에게 기억 속 누님과 잠깐의 만남을 이루어 드린 것이 이번 시골살이의 가장 큰 보람으로 남겨도 좋을 것 같다. 여러모로 행복한 시골 여행이었다.

이래도 저래도 아픈 건 마찬가지

서울의 내 집으로 돌아왔다. 벌써부터 영암 월출산 아래 두고 온 것들이 자꾸만 생각난다. 뭉게구름 몰려다니던 그 파란 하늘이, 투명한 그 햇빛이, 푸른 들판을 물들이던 그 붉은 노을이 보고프다. 폭염에도 아침저녁으로 살짝 들어와 기분 좋게 잠을 재워 주던 그 서늘한 바람이 그립다. 하늘을 찌를 듯 높이 솟아 나를 내려다보며 그늘이 되어 주고 소슬한 바람을 일으켜 마음을 일렁이게 하던 그 소나무가 눈에 그려진다. 밤이면 몇 포대는 따 담을 수 있을 것 같은 그 별들이, 새벽이면 거실 끝까지 들어와 슬며시 잠을 깨우던 그 달님이 아른거린다.

떠나올 때 아프게 마음에 흐르던 전류가 서서히 옅어져 가고 있다. 그래도 연로하신 두 분을 생각하면 늘 이래도 저래도 마음이 아프다. 오로지 땅을 파서 오늘의 우리를 있게 한 부모님이라 더 그럴지도 모른다. 20여 일 시골살이를 끝내고 떠나오는 날, 길심 씨는 딸을 배웅하느라 사립 밖에서 굽은 허리로 가늘어진 두 다리를 끌어안고 앉아 손을 흔들었다. 차가 멀어져도 어머니는 움직임 없이 그 자리에 그대로 앉아 있었다. 그 모습이 내 머릿속에 그림처럼 남아 잊히지 않는다. 삭제를 눌러 지울 수 있다면 지워버리고 싶기도 하다. 계속 아프니까.

길심 씨가 서울에 왔다 떠나가도, 내가 시골에서 떠나와도 괜히 가슴이 짠하고 아픈 건 마찬가지다. 있을 때 잘 하지 못하고 마지막 돌아서는 그 이별의 순간을 겪고 나면 나는 여지없이 며칠씩 가슴앓이를 한다. 매번 그러는 내가 싫어서 스스로를 다독이며 어떻게든 빨리 어머니와의 이별, 그 장면을 잊어버리려 노력한다. 그래서 나는 다짐한다. 떠나와도 떠나가도 여운을 남기지 않는 씩씩하고 건강한 엄마가 되자고. 자식이 느끼는 그 쓰라림을 아니까 내 자식들이 나 같은 아픔을 느끼지 않게 말이다. 이럴 때조차도 자식은 또 제 자식을 우선으로 생각한다.

오랫동안 부모님과 함께 밥을 먹고, 잠을 자고, 밭을 매고, 여행하는 동안 깊이 속정까지 들었나 보다. 서울로 돌아오는 길, 운전하는 내내 가슴이 더 미어져 왔다. 차가 붕붕 떠오를 것처럼 노래를 크게 틀어 놓고 눈물을 삼켰다. 나는 생각했다, 내가 왜 이러는 것인지. 그것은 아마도 길심 씨의 굽은 허리 때문일 것이다. 내가 밭고랑에서 일할 때 엄마에게 말했다.

"농사만 안 지어도 허리가 덜 굽었을 것인데…. 엄마, 이제 농사짓지 마!"

"내 직업이 그런디 어쩔 것이냐? 시골에서 살면서 일을 안 할 수는 없제."

그리 답하던 길심 씨. 큰 딸인 내가 어떻게든 어머니의 반대를 무릅쓰고라도 사고 후 허리 시술이 아닌 수술을 시켜 드렸어야 했다. 시기를 놓치고 허리가 점점 굽어가는 것을 볼 때마다 가슴에 통증이 일어난다. 그때 지금의 나이만 되었어도 상황은 달라졌을지도 모른다. 여기저기에서 들어 보고 순전히 어머니가 내린 결정이었지만 강하게 밀어붙이지 못한 내가 방관자인 것만 같다.

품 안의 자식이 오랫동안 품을 떠나 살다 나이 들어 다시 품 안에 있어 보니 알겠다. 자식에 대한 부모의 한없는 사랑을 말이다. 시골살이 중 저녁노을을 보러 농로를 따라 잠시 집 앞 들녘을 거닐었다. 금세 사위가 어두워 오고 무서움이 들 때 멀리서 아버지의 실루엣이 보이더니 큰 소리가 들려왔다.

"난희야! 난희야!"

아버지가 나를 부르며 큰 길에서 두리번거렸다. 80중반을 넘긴 아버지가 50중반의 딸을 찾고 있었다. 나이 먹은 딸이 무어가 걱정이라고. 부모에게 자식은 나이를 먹어도 한없이 자식이란 말이 딱 맞다.

나이 들어 잠깐이나마 시간을 내어 오롯이 부모의 품에 꼭 있어 볼 일이다. 다시 두 분의 자식인 걸 확인하는 끈끈한 시간이 되었다. 이래도 저래도 마음이 아픈 건 마찬가지지만.

일해 준 품삯이여

"아야, 이거 니가 엄마 밥해 주고 일해 준 품삯이여. 갖고 가그라 잉."

시골살이를 끝내고 영암에서 떠나온 날 길심 씨가 내게 하얀 봉투를 내밀었다.

"엄마, 무슨 소리야? 내가 드리고 가야지."

"이거 안 받으면 엄마 딸 하지 말고 집에도 오지 마라 잉."

나는 더 이상 길심 씨를 이길 수 없음을 알고 봉투를 받아 그대로 가방에 넣었다.

"그래도 봉투에 얼마가 들어 있는지는 엄마 있는 디서 봐야제."

속으로 난감했지만 봉투를 다시 꺼내어 세어 보니 5만 원짜리가 일곱 장이나 들어 있다.

"으응? 엄마! 이렇게나 많이! 뭐여?"

"근디 내가 왜 얼마인지 세어 보라는 중 아냐?"

"흐흐흐…, 왜 엄마?"

"언젠가 이 근방에 쫙 퍼진 소문인디 한번 들어봐라 잉. 어떤 시어머니가 시골에 다니러 온 며느리를 위해 김치도 담그고, 여러 가지 반찬을 해서 들려 보냈더란다. 서울에 도착할 시간이 넘었는디 전화가 안 와서 시어머니가 전화를 했다고 하드라. "아가, 그 반찬통 싼 보재기에 돈 300만원도 같이 넣었는디 봤지야 잉?" 하는데 며느리가 갑자기 혼비백산하며 안 먹을 것 같아 반찬통을 통째로 휴게소에 버리고 왔다고 하더란다. 그라고는 다시 그 휴게소로 가서 찾아봤자 있어야 말이제. 그랑께 돈도 받으면 바로 확인해 봐야 하는 것이여."

"아이고, 그런 며느리가 있네 잉."

"그랑께야."

믿기지는 않았지만 전혀 근거 없는 이야기는 아닐 성싶었다. 참으로 안타까운 이야기였다.

나는 그 돈을 다 받을 수 없어 다시 아버지에게 용돈으로 드리려 하니 평소와 다르게 정색을 하며 손사래를 쳤다. 용돈을 드리면 길심 씨와 다르게 얼른 받아 챙기는 아버지다. 더욱이 성수 씨는 길심 씨가 돈을 안 준다며 늘 우리에게 장난스레 하소연하듯 일러바치던 분이다.

"내가 모태 논 돈은 다 느그들이 준 것이여. 느그 엄마가 돈을 안 준당께."

그렇게 말하며 어떻게든 길심 씨 돈을 울궈내려고(알겨내려고) 한다. 우리가 따로따로 나란히 봉투를 드릴 때 장난으로 웃으며 어머니 것을 가로채려고 한 적도 있다. 길심 씨는 성수 씨가 차곡차곡 쌓아 놓고 안 쓰는 돈을 어떻게든 쓰게 하려고 궁리를 하고, 성수 씨는 경제권을 쥐고 있는 길심 씨에게 어떻게든 돈을 받아내려 한다. 이런 성수 씨가 정색을 하며 손사래를 치니 가슴이 울컥했다.

자식에게는 다 주고 싶은 것이 부모의 마음이 아닐까 싶다. 자식의 마음이 부모 마음만 같으면 이 세상에 불효자식이 어디 있을까. 길심 씨는 모든 것을 아끼고 아끼며 사는 분이지만 자식을 위해서는 큰돈도 뭉텅 내놓는다. 지난달 흑산도 팔순 여행에도 농협에서 현금으로 큰돈을 찾아서 들고 왔다. 흑산도 택시 투어 중 구경하는 가게에서 후박나무껍질도, 미역도 각각 딸네 집에 하나씩 사 주고, 포장마차에서 먹은 회값도 직접 계산했다. 딸들이 말리면 호기롭게 말한다.

"돈은 쓰려고 버는 것이제. 뭣 할려고 번다냐?"

마지막에는 손주들에게 용돈까지 주셨다. 딸들이 여행 준비하고 손주들이 선물을 준비했다고는 하지만 되로 드리고 말로 받은 격이다.

언젠가 우리 아이들이 초등학교도 들어가기 전이었을 것이다. 길심 씨가 서울에 올라와 첫 손주인 나의 큰딸을 위해 피아노를 사 주었다. 이제는 다 커 버린 아이들이 치던 피아노가 아직도 우리 집에 당당히 자리를 잡고 있다. 그 후로 작은딸인 동생네도 피아노를 사 줬다. 피아노를 볼 때마다 그때의 당당하고 허리 꼿꼿한 길심 씨가 막 떠오른다. 20여 년 전사 준 피아노가 우리 집에서, 동생이 운영하는 동네 책방에서 아직도 소임을 다하고 있다. 길심 씨는 돈을 쓸 줄 안다.

우리의 성수 씨는 오늘도 길심 씨에게 말할 것이다. 안 봐도 안다, 늘 그러니까.

"어야, 삼봉이나 한 채 하세."

여기서 '삼봉'이란 매일 두 분이 치르는 꽃들의 전쟁, 화투놀이의 한 종류다. 다른 사람들이 흔히 하는 '고돌이'를 두 분은 모른다.

"당신은 딸들만 생각하대. 오늘은 내가 당신 돈 좀 따야겠어. 흐흐흥…."

"내가 뭔 돈이 있어?"

"어야, 우리 집 돈주는 당신 아닌가."

이 말에 길심 씨가 전의를 불태운다.

"그래! 해!"

그러곤 옥신각신 화투판이 벌어진다.

길심 씨가 돈주라서 알아서 돈을 다 쓰는 것 같지만, 새벽 네다섯 시 경이면 눈을 뜨고 누워 성수 씨의 하락을 받는다는 걸 나는 안다.

"느그 엄마는 느그들밖에 모르더라."

아무것도 모르는 척하며 어머니의 공로를 은근슬쩍 이야기한다. 내가 떠나온 마지막 날 새벽, 베갯머리송사로 성수 씨에게 하얀 봉투에 '호동 아버지'라 글씨를 쓰게 하고 길심 씨는 돈을 담았을 것이다. 여기서 '호동'은 영암의 내 고향 마을 이름이다.

서울에 와서 흰 봉투를 내보이며 남편에게도, 딸들에게도 자랑했다. 시골살이 하며 마을회관 정자에 간식도 사다 드리고, 병원도 모시고 가고, 외식도 했지만 내가 쓴 돈보다 훨씬 많은 돈을 받아 왔다. 부모님의 자식 사랑이 듬뿍 들어 있어 아무 데도 쓸 수 없을 것 같다.

운전하며 올라오는 길, 나는 흰 봉투를 받고 아린 마음 편하게 하려고 휴게소에 앉아 인터넷으로 두 분이 드실 간식을 주문, 배송했다. 순전히 내 마음 편하자고….

넷

길심 씨의 시골 여행 - 가을

가을, 다시 슬기로운 시골생활

추석을 맞아 다시 길심 씨네로 왔다. 우뚝 선 맨드라미가 고개를 바짝 세우고 환영 인사를 한다. 두어 달 전만 해도 작달막한 키로 닭 벼슬 같은 붉은 꽃을 달고서 나를 반겼는데, 이제는 나의 허리춤에서 키 재기를 신청한다. 불쑥 자란 맨드라미가 가을임을 알려 준다.

얼마 지나지 않은 것 같은데 그 사이 시골 풍경이 많이 변해 있다. 그 세계에 살 때는 보이지 않던 것들이 떠나 있다 다시 와 보니 달라진 모습이 금세 눈에 들어온다. 아직 한낮의 햇볕은 따갑지만 마당 곳곳에서 가을 냄새가 하늘 높이 폴폴 날린다.

얼마 전 태풍 찬투가 남해안을 관통했다더니, 마당의 대추나무가 겨울인 듯 앙상한 가지를 드러내고 쓸쓸히 가을을 맞이하고 있다. 열매는 이미 다 떨구어 버렸다. 제때를 맞추지 못하고 마지못해 떨어져 말라가는 대추는 제 빛깔을 내지 못하고 있다. 자연이나 인간이나 강한 태풍과 시련에는 어쩔 도리가 없다. 순응하며 그 속에서 새로운 빛깔을 낼 수밖에.

한여름 가뭄에 물을 줘 가며 옮겨 심을 때는 힘없이 흙에 누워 맥을 못 추던 들깨 모종이 밭의 흙이 보이지 않을 만큼 자라 있다. 그러나 살아 있는 한 시련 없이 한 세상 잘 살아내기는 쉽지 않나 보다. 들깨가 가뭄을 이겨 내고 힘을 길러 한껏 자랐는데 태풍이 이파리를 다 거두어 갔다. 얼마 남지 않은 잎으로 자리를 지키고 굵은 소금 같은 흰 꽃을 피우다니. 들깻잎을 따려다 안타까워 내가

"아이고, 이것이 뭣이당가?"

했더니 길심 씨가

"하나도 딸 것이 없당께. 그래도 으짤 것이냐. 할 수 없제."

한다.

시골에서 잘 사는 방법은 자연에 순응하고, 잘 맞이하고, 그리고 잘 보내는 것이다. 논의 벼도 태풍을 이겨 내지 못하고 쓰러졌다. 바닥에 배를 깔지 않은 것만도 다행이라고 성수 씨는 말한다. 그러면서도 하루에도 몇 번씩 자전거를 타고 논으로 향한다. 더 이상 쓰러지지 않기를 바라면서.

평생을 가뭄, 홍수, 태풍 같은 자연재해에 맞서면서도 순

응하고, 감사하며 산다. 일찍 심고 일찍 거두어 산처럼 높이 쌓아 놓은 들깨 단에서 수확이 적어도 길심 씨는 목청 높여 말한다.

"이것만 해도 다행이제."

나는 시골살이 하며 길심 씨에게서 또 한 수를 배운다. 매사 슬기로운 고수의 시골 생활을.

추석 연휴가 끝나고 내 가족과 동생네 가족이 모두 일상으로 돌아가고 나만 또 남았다. 이제 길심 씨네 삼시 세끼를 책임지고 시골 생활(가을), 마을 생활 모드로 들어간다. 가을바람 찬바람이 좋은 청정 시골, 호동마을의 밤은 반딧불이의 불빛과 함께 또 하루가 깊어 간다. 나를 반겨 주던 맨드라미가 마당가에서 오늘도 길심 씨네를 지키며 묵묵히 보초를 서고 있다.

맨드라미, 이제 주무시게! 안녕!

먹는 재미보다 잡는 재미가 더 큰 것이여

"거기까지 갈라먼 징한디, 딸 있응께 오늘은 범굴새암(범굴샘)으로 새비(새우) 잡으러 갈라네."

"딸 차 타고 갈라고?"

"그람. 흐흐흐…."

"좋겄네. 딸이랑 갔다 오소."

아침 밥상에 앉아 성수 씨와 길심 씨가 주고받은 이야기다.

나는 설거지를 하고 길심 씨는 마당에서 새우(토하) 잡으러 갈 준비를 한다. 노랫가락 소리가 들린다. 지겹도록 오래 다닌 길이니 질릴 만도 한데 신이 난 모양이다. 길심 씨가 손수 만든 뜰채가 나와 있다.

"뜰채가 두 개네?"

"너도 잡는 맛을 봐야제."

집에서 멀지 않은 길이지만, 허리가 굽어 걸음이 힘든 길심 씨의 운전기사를 자처했다. 마을 저수지 아래 범굴샘은 옛날에 호랑이가 나오는 샘이 있어서 범굴샘이라 불렸다는데, 지금도 제법 으슥한 곳이다. 겁이 없고 용감한 어머니도 범굴샘에는 혼자 가지 않는다. 길가에 차를 세우고 풀이 우거진 냇가로 내려갔다.

1급수의 풀숲 음지에 사는 토하를 뜰채로 더듬어 올리며 길심 씨가 내게도 권했다.

"너도 해 봐라! 먹는 재미보다 잡는 재미가 큰 것이여."

나도 장화를 신고 텀벙거리며 뜰채를 들어올렸다.

"엄마랑 이렇게 토하를 같이 잡게 될 줄은 몰랐네."

"엄마 가고 나면 이것이 또 추억으로 남겄제."

길심 씨가 의미심장한 어록을 남긴다. '가고 나면'이라는 말이 가슴에 딱 얹힌다. 나는 오로지 먹는 재미, 자식에게 나눠 주는 재미에 빠져 욕심내며 다니는 줄 알았다. 그런데 잡는 재미에다 추억까지 생각하다니, 역시 길심 씨는 가끔씩 나를 놀라게 한다.

영암의 특산물로 유명한 토하젓은 금정면에서 자연 생태 방식으로 양식한 토하로 토하젓을 만들어 판매한다는데, 군서면에 사는 길심 씨는 자연에서 그대로 얻은 토하로 젓을 담근다. 그러니 어머니 토하젓 맛이 뛰어날 수밖에 없다. 어느 가을 많이 잡힌 날엔 초무침을 해 드셨다고도 한다. 여러 번에 걸쳐 잡아 온 토하는 염장을 해 두었다가 찹쌀죽과 생강을 넣고 갖은양념을 하여 토하젓을 만든다. 이것이 바로 길심 씨표 토하젓이다.

토하를 잡고 나서 어릴 때 '비틀이'라고 부르던 다슬기를 잡았다. 하나, 둘, 셋… 잡다 보니 재미가 느껴진다. 먹는 재미보다 잡는 재미가 무엇인지 알 것 같다. 어머니는 그 재미를 오랜 세월 토하를 잡으면서 터득하신 모양이다. 오늘 길심 씨에게서 또 한 수 배운다. 무엇이든 오래, 길게 가려면 재미를 알아야 한다. 잡는 재미까지 들어간 길심 씨표 토하젓은 우리에겐 언제나 명품이다.

얼마 후면 이 새우로 만든 토하젓을 서울로 또 보낼 것이다. 그러고는 목청껏 소리 높여 이야기할 것이다.

"맛있게 되얐드라. 맛나게 먹어라 잉."

"아이구, 우리 길심 씨, 고생했네. 맛있게 먹을께이 잉."

"그래에, 맛나게 먹소. 그라면 되얐제!"

또 다른 탄생

영암 읍내 떡 방앗간에 다녀왔다. 추석도 지났는데 무슨 떡
방앗간이냐고 하겠지만 떡이 아니고 고춧가루를 빻기 위해서
다. 떡 방앗간에서는 쌀가루를 빻아 떡도 만들고, 고춧가루도
빻고, 기름도 짠다. 봄부터 심고 가꾼 고추를 여름에 따고 말
려 드디어 새롭게 탄생시킨다. 길심 씨의 고춧가루에는 하루
에도 몇 번씩 수백 번의 발길이, 손길이, 눈길이 닿아 있다.

　호동마을에서는 거의 집집마다 건조기가 있어 고추 말리
기에 애가 타지는 않는다. 하지만 길심 씨네는 애초에 김장도
많이 하지 않아 고추를 적게 심으니 굳이 건조기가 필요 없었
다. 하지만 있으면 더 좋을 일이다. 건조할 시기가 되면 번번
이 애가 타기 때문이다. 햇빛 쨍쨍한 날 열흘은 족히 말려야
하는데, 날씨가 어디 그렇게 호락호락 맑기만 할까. 크기도 종
자 개량을 통해 예전에 비해 훨씬 커졌으니 말리는 기간도 길

어졌다.

두어 달 전 내가 여름 시골살이 중 초벌 고추를 따다 말리는 중에 비 예보가 있었다. 애가 탄 길심 씨가 앞집의 건조기에 좀 넣자고 부탁을 하니 다른 집에서 벌써 예약이 되었지만 자리가 남을 듯 하다며 가져오라고 했다. 그런데 리어카에 싣고 가져갔는데 이미 꽉 차서 허탕을 치고 집으로 돌아온 적이 있다. 이렇듯 시골에서 건조기 없이 고추 말리기란 쉬운 일이 아니다. 그날 길심 씨는 리어카에 다시 싣고 와서 하나하나 일일이 가위로 배를 가르고 펼쳐서 말렸다.

가을이 되어 시골에 다시 오니 고추가 잘 말려져 큰 비닐 봉지에 담겨 있다. 길심 씨가 방앗간에 빻으러 가자고 한다. 딸이 추석 연휴가 지나고도 시골에 머물게 되었으니 다행이지, 이걸 가져가는 일도 큰일이다 생각했다. 하지만 요즘은 시골 마을마다 노인들뿐이어서 방앗간에서도 미용실에서도 차가 와서 모셔 가고, 모셔 온단다. 시골도 어르신들을 위해 빠르게 발전하고 있다.

길심 씨, 성수 씨를 태우고 생전 처음으로 방앗간에 들어섰다. 눈도 맵고 재채기가 마구 나온다. 쌀가루 빻듯 고춧가루도 여러 번에 걸쳐 빻은 다음 마지막엔 쿵더쿵쿵더쿵 방아를 찧어 마무리한다. 봄, 여름 두 계절을 지나며 고생한 결과물

고춧가루 열 근이 비닐봉지 안에 담겼다. 태양초 고춧가루다.

집에 오자마자 길심 씨는 봉지를 열어 열을 식힌다. 가루가 되어 새로 태어나느라 뜨거워져 있었기 때문이다. 무언가가 새로 태어나기 위해서는 수백 번의 발길, 손길이 왔다 갔다 한다. 이제 고운 빛깔로 다시 태어난 고춧가루는 또 얼마나 많은 곳에 들어가서 맛을 낼 것인가.

벗이 먼 곳에서 찾아오니 또한 즐겁지 아니한가

멀리서 반가운 손님이 찾아왔다. 이게 얼마 만인가. 길심 씨가 사는 시골집에 내 친구들이 찾아온 건 수십 년 만이다. 고교 시절이나 대학 시절 가끔 친구가 온 적은 있었지만 그 후 떠나 살면서 그럴 일은 없었다. 영암 버스 터미널로 마중을 나갔다. 작은 캐리어를 옆에 두고 두리번거리고 있는 그네들을 발견했다. 살다 보니 이런 날도 오는구나 싶어 차 안에서 저절로 입꼬리가 쓱 올라갔다. 멀리서 온 친구들을 시골 읍내에서 대하고 보니 새삼스레 학창 시절로 돌아간 듯 무척이나 반갑고 색다른 느낌이다.

그네들을 태우고 영암의 기찬랜드를 한 바퀴 휘 돌아 나와 우리 동네로 향했다. 오래된 벗나무 가로수 터널을 지나고 마을 앞 등가래 들녘을 가로질러 길심 씨네를 지나쳐 동네 안으로 올라갔다. 정자 유선각, 마을회관을 지나면서 나는 마을

해설사라도 되는 양 저절로 말이 술술 튀어나왔다. 나도 모르는 사이 내 고향 마을에 대한 자부심이 그득했었나 보다. 집집마다의 사연과 유래를 이야기하고 있었다.

마을에서 내려와 길심 씨네 고샅길에 차를 주차하고 보니 성수 씨가 소나무밭에서 잡풀을 정리하고 있다. 집으로 들어가는 길에는 키 큰 맨드라미와 키 작은 꽃들이 서울에서 온 낯선 이들을 겁도 없이 반긴다. 아버지는 소나무밭에서 내려오며 반가우면서도 어색하게 친구들을 맞이했다. 눈을 맞추지 못하는 난감한 표정에 나는 마음 한편이 쿵 내려앉았다. 아버지는 내가 중2 때 교통사고로 뇌수술을 두 번씩이나 받고 난 후 그 후유증으로 잘 모르는 이들과 관계 맺는 것에 서툴다. 하지만 맺어진 관계는 능숙하게 이어간다.

"멀리서 왔겄소 잉. 놀다 갔쇼."

어색한 한마디를 했다.

연기가 뭉글뭉글 피어오르는 굴뚝을 지나 마당으로 들어섰다. 길심 씨의 아궁이 솥에서는 고구마와 밤이 하얀 김을 올리며 보글보글 익어가고 있고, 석쇠 위의 조기는 회색 연기와 함께 지글지글 구워지며 마당으로 냄새를 풀풀 날렸다. 아버지는 옛집으로 들어가고 나는 친구들을 새집으로 안내하고 옛집 부엌으로 달려가서 준비해 둔 반찬을 담고 밥을 퍼서 새

집으로 날랐다.

옛집에도 새집에도 소박한 한 상이 차려졌다. 길심 씨가 신경 쓸까 봐 친구들이 오기로 한 전날에야 잠시 집에 들렀다 집 구경만 하고 점심은 나가서 사 먹겠다고 했다. 그랬더니 길심 씨가 목청을 높였다.

"천리길 내 집에 온 손님인디 입은 다시고 가야제. 다른 데 가도 별 반찬 있다냐. 있는 반찬하고 부삭(아궁이)에다 조구(조기) 구워서 먹으면 되제."

맞는 말이었다. 어른 말씀을 들으면 자다가도 떡을 얻어 먹는다는 길심 씨의 평소 말처럼, 그 말을 듣길 잘 했다. 멀리서 온 친구들과 함께 거실에 앉아 월출산을 바라보며 점심상을 마주하니 괜스레 가슴이 아궁이 장작불보다 더 뜨거워졌다.

단출한 한 끼지만 친구들은 맛있게 먹었다. 밥을 먹은 후에 아궁이 솥단지에서 밤과 고구마를 가져다 먹으며, 본 지 오래지 않았지만 실로 오랜만에 만난 것처럼 이야기보따리를 풀었다. 큰딸아이의 중학교 학부모 모임에서 만나 친구가 되었고, 이제 시골에 와서 한 지붕 아래 같은 바람을 쐬고 같은 하늘의 같은 하얀 뭉게구름을 바라보게 된 것이다. 사람의 인연이란 참으로 대단하고 아이러니하다는 생각이 들었다. 때

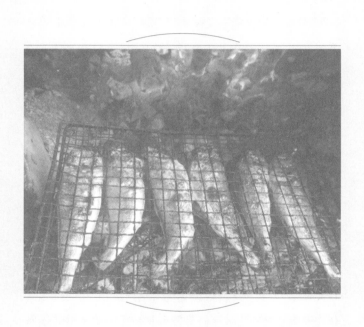

로는 학창 시절 친구보다 더 편하게 속내를 내보일 수 있는 소중한 인연에 감사한 마음이 샘솟았다.

> "벗이 먼 곳에서 찾아오니 또한 즐겁지 아니한가(有朋自遠方來 不亦樂乎)"

문득 먼 곳에서 친구들이 찾아와 만나고 보니 학창 시절에 배운 《논어》 한 구절이 떠올랐다. 공자가 '배움의 즐거움' 다음으로 이야기한 두 번째 즐거움이다. 이는 벗이 먼 곳으로 찾아가는 즐거움, 먼 곳에서 찾아오는 벗을 기다리는 기쁨 등 친구를 향한 서로의 많은 감정이 포함된 말일 것이다. 신기한 일이다. 그동안 잊고 살았는데, 이 구절이 저절로 떠오르다니….

2박 3일의 즐거움을 예약 받아 집을 나서는 길에, 친구들은 한사코 뿌리치는 길심 씨의 호주머니에 빈손으로 왔다며 현금을 깊이 넣어 주었다. 나는 가슴에 뭉클하게 피어오르는 따스한 느낌으로 가만히 차의 시동을 걸었다.

가는 길, 오는 길

친구들과의 둘째 날, 강진에 있는 백련사에 갔다. 고즈넉한 절 분위기가 예사롭지 않다. 백련사의 자랑인 천연기념물(제151 호)로 지정된 동백나무숲보다 나를 더 사로잡은 건 '다산초당 가는 길'과 '백련사 가는 오솔길'이다. 이 길은 같은 길이다. 백 련사에서는 '다산초당 가는 길'이고 다산초당에서는 '백련사 가는 오솔길'이다. 백련사와 다산초당이 오솔길로 이어져 혜 장선사와 다산 정약용이 서로 유학과 불교를 주고받으며 아 름다운 차 인연을 맺은 길이라고 한다.

여행은 누구와 하는지가 중요하다더니 그 말은 진리다. 가족들과 왔을 때와는 달리 친구들과 함께 오니 나는 다른 눈 을 가진 사람이 되었다. 백련사 만경루 앞 웅장한 배롱나무에 같이 반하고, 만경루에 올라 창으로 보이는 액자 프레임 같은 멋진 풍경에 반했다. 경내를 두루 천천히 돌아보고 만경루 아래 '만경다설'에서 녹차를 마셨다. 보살님이 정성껏 우려 준 차를 마시며 백련사 동백꽃의 아름다움을 말로 전해 들었다. 말로만 들어도 그 꽃의 아름다움이 처연하게 가슴으로 들어왔다. 떨어진 꽃은 달려 있는 꽃을 바라보고, 달려 있는 꽃은 떨어진 꽃을 바라본다는 그 말이 안 보고도 그림처럼 그려졌다. 떨어지고서도 아름다움을 그대로 유지한 채 달려 있는 꽃을 한동안 바라볼 수 있다니, 그 표현이 참으로 기가 막히다.

혜장선사와 다산이 마셨을, 아니 마셨다고 믿고 싶은 그 차를 마시고 다산초당으로 가는 길로 접어들었다. 동백나무 숲을 지나니 그 길에는 백련사에서 재배하는 차밭과 야생차가 군락을 이루고 있었다. 친구 셋이 가는 길에 한 친구가 신발이 불편해 뒤돌아가 기다리겠노라 손을 흔들었다. 둘이서 오솔길을 걸었다. 혜장선사와 다산이 걸어 오갔다고 생각하니 두 분의 마음이 조금 느껴지기도 했다. 앞서거니 뒤서거니 서로의 뒷모습을 보며 걷다 보니 어느덧 다산초당에 다 왔다.

길 끝에 '백련사로 가는 오솔길'이라는 팻말이 서 있다. 즉 다산초당에서 백련사 가는 길이 시작된다는 말이기도 하다. 친구랑 같이라서 팻말에 그득히 쓰여 있는 그 이야기가 더 깊이 들어왔다. 다산초당에서 문화해설사를 만나 잠깐 이야기를 들으며 땀을 식히고 백련사 가는 길로 다시 뒤돌아 걸었다. 중도에 남아 있는 친구가 마음에 걸려 서둘러 걷는데 만경다설에서 마신 작설차 향을 떠올리며 하늘과 바람과 놀고 있다며 소식을 전해 왔다. 마음 편히 오라는 말일 터였다.

찌뿌듯한 하늘이 맑게 갠 어느 봄날, 냉이 밭에 하얀 나비가 팔랑거리자 다산은 자기도 모르게 초당 뒤편 나무꾼이 다니는 길로 발걸음을 옮겼다. 들판이 시작되는 보리밭을 지나며 그는 탄식했다. "나도 늙었구나. 봄이 되었다고 이렇게 적적하고 친구가 그립다니?" 백련사에 혜장선사(惠藏禪師)를 찾아가는 길이었다. 벗 될 만한 이가 없는 궁벽한 바닷가 마을에서 혜장은 다산에게 갈증을 풀어 주는 청량제 같은 존재였다.

혜장은 해남 대둔사(大屯寺) 출신의 뛰어난 학승이었다. 유학에도 식견이 높았던 그는 다산의 심오한 학문 경지에 감탄하여 배움을 청했고, 다산 역시 혜장의 학식에 놀라 그를 선비로 대접하였다. 두 사람은 수시로 서로를 찾아 학문을 토론하고 시를 지으며 차를 즐기기도 했다. 혜장이 비 내리는 깊은 밤에 기약도 없이 다산을 찾아오곤 해서 다산은 밤 깊도록 문을 열어 두었다고 한다.

다산과 혜장이 서로를 찾아 오가던 이 오솔길은 동백
숲과 야생차가 무척 아름답다. 그러나 이 길에서 가장
아름다운 것은 친구를 찾아가는 설렘일 것이다.

보고 싶은 친구를 가진 기쁨; 친구를 찾아가는 길의 행복.

– '백련사(白蓮社) 가는 오솔길' 팻말에서

백련사는 나에게 인연과 친구에 대해 묻고 희미한 답을
주었다. 어디에서든 찾으면 답은 주어지게 마련이지만…. 이
곳은 11월부터 동백꽃이 피어서 3월 말에 만개하면 고즈넉
한 숲이 붉게 물들기 시작한다고 한다. 그 꽃이 통째로 떨어
져 바닥을 수놓으면 우리는 또 백련사를 거닐고 있을지도 모
른다.

지금 내 나이가 참 좋다

친구들과의 셋째 날이자 마지막 날이었다. 영암군 군서면 구림마을의 목원당 한옥 펜션에서 눈을 떴다. 그대로 누워 친구들을 어디로 안내해야 영암이 인상적으로 남을지 머리를 굴려 보지만 묘안이 떠오르지 않는다. 스마트폰으로 검색도 해 보지만 마음 가는 곳이 없다. 자연스레 발길 가는 대로 가리라 마음먹고 아침 산책에 나섰다.

구림마을은 길심 씨네서 5km 남짓 거리에 있지만 이제껏 제대로 둘러본 적이 없다. 원님 덕에 나발 분다고 친구들 덕분에 둘째, 셋째 날 아침 산책하며 연이틀 한옥마을 골목골목을 누볐다. 구림마을은 역사의 고장답게 유적이 많이 남아 있다. 백제 왕인박사가 1600년 전 논어와 천자문을 가지고 문물을 전수하기 위해 일본으로 배를 타고 떠났던 곳, 바로 상대포에 조성된 상대포역사공원을 산책하고, 코로나로 문이

닫혀 있는 영암군립 하정웅미술관 등은 다음을 기약해야만 했다.

목원당에서 대충 아침을 해결하고 친구의 제안으로 월출산 천황사로 향했다. 중고교 시절 소풍을 간 적은 있었지만 별 기억이 없는 곳이었다. 절터만 있었던 걸로 기억하고 있었다. 결혼 후 큰아이 어렸을 적 구름다리까지 가 본 것이 월출산과의 마지막 인연이었다. 월출산의 한 자락 아래의 마을에 살았고 일 년에 몇 번씩 길심 씨네를 다녀갔지만 산에 오를 시간과 여유는 없었다. 자고로 등잔 밑이 어두운 법이니까.

10년이면 강산이 변한다는 말도 옛말, 이젠 하루가 다르게 변하니 20여 년 만에 찾은 천황사로 가는 길은 입구부터 모든 것이 달라져 있었다. 이미 오래전에 달라졌고 그 달라진 흔적도 오래되어 보였다. 우리는 일단 천황사까지만 가기로 했다. 제법 높은 곳에 자리한 천황사에 도착해서 산세를 우러르니, 우뚝우뚝 솟은 비상한 바위와 바위 사이에 걸쳐 있는 주홍빛 구름다리가 보였다. 구름다리를 보니 자연스레 거기까지 가 보자는 욕심이 생겼다.

자연을 둘러싼 환경은 변했을 테지만 산은 그대로 그 자리에 있을진대 내 눈에는 산세도, 바위도 모두 변한 듯이 보였다. 바라보는 나의 눈이 달라졌다는 뜻일 것이다. 나이가 들어가면서 모든 자연이 달리 보인다. 마음의 여유가 생긴 덕분일까? 지금 50대가 여행하기 참 좋은 나이다. 남편과 아이들을 두고 시골 길심 씨네에서 잠시 시골살이 중이지만 걱정은 없다. 모두 각자 제 갈 길을 잘 가고 있으니 나에게는 지금이 진짜 황금기인지도 모른다.

구름다리까지 등산길이 잘 닦여 있다. 네 발로 기다시피 올라가던 예전의 그 길이 아니다. 많이 가팔랐지만, 잘 놓아진 계단을 오르고 난간 손잡이를 잡고 어렵지 않게 올라갔다. 목적지에 도착할 무렵 내려오던 한 등산객이 내 신발을 보고 말했다.

"가벼운 마음으로 올라오셨나 봐요."

나는 여름 젤리슈즈를 신고 올라갔다. 깜박하고 운동화는 차에 두고서 말이다. 그럼에도 마음만 다소 신경이 쓰였을 뿐 발에는 그다지 무리가 없었다.

구름다리에 서니 앞뒤, 사방의 경치가 장관이다. 아래로는 바둑판처럼 경지정리가 잘 된 들판에 가을이 익어 가면서 누런 연두 빛이다. 멀리로는 구름 아래 금정면 활성산의 풍력발전기가 조금 과장해서 바람개비처럼 보인다. 근간에 들어서 가장 높은 해발고도 605m 지점에 오른 셈이라 더 뿌듯하다. 예전에 출렁거렸던 걸로 기억되는 다리는 단단해 보이고,

꽤 길어 보이던 구름다리도 짧아 보인다. 이전의 노후된 구름다리가 철거되고 2006년에 다시 설치되었다는데 이제야 와보다니 등잔 밑이 어둡다는 말은 진리인가 보다. 친구들이 오지 않았다면 나는 이후로도 언제 등잔 밑에 불을 밝혔을 것인가. 감회가 새롭다.

월출산의 가을바람이 구름다리를 잘 건너도록 밀어주고 안아 주었다. 다리 중앙에 이르니 출렁거림이 살짝 느껴져 간이 쭈그러들었다. 다리 건너에 자리한 테이블 의자에 앉아 기암괴석과 자연경관이 어우러진 풍광을 바라보고 있으니 마음이 한없이 부푼다.

한참을 앉아서 월출산을 감상하고 다시 다리를 건너 올라왔던 길로 내려왔다. 계단이 가파른 탓에 올라올 때 내려갈 일을 걱정했던 것은 기우였다. 투두둑 상수리나무에서 상수리가 떨어지는 소리를 들었고 날쌔게 숲으로 달아나는 다람쥐도 만났다. 어렵지 않게 목적지에 다녀왔을 뿐인데 우리는 다 같이 큰 목표를 이룬 것 같은 뿌듯함을 한마음으로 느꼈다.

친구들이 월출산의 아름다운 풍경을 가슴에 가득 안고 서울로 가는 버스에 오를 수 있게 되어 그지없이 행복하다. 예전에는 보이지 않던 아름다운 풍경이 이제 눈을 감아도 보인다.

　서울로 가는 버스가 눈앞에서 사라지는 걸 보고 영암 읍
내로 차를 몰아 케이크와 치킨을 사서 길심 씨네로 돌아왔
다. 수십 년 만에 월출산 구름다리에 오른 오늘은 바로 내 생
일이다. 이제 진짜로 한 살 더 먹게 되지만 지금 내 나이가 참
좋다!

기다림

"가자! 뭐 하냐?"

어디 갈 일이 생기면 성수 씨, 길심 씨는 당장 옷을 갈아
입고 앉아 눈으로는 날 좇으며 입으로는 몇 번씩 재촉한다.
오늘도 길심 씨가 아침을 먹자마자 한의원에 가자고 목소리
를 높인다. 급할 것도 없고 예약이 되어 있는 것도 아니건만
할 일을 앞에 두고는 안절부절못한다. 그래서 내가 시간을 정
한다.

"엄마, 9시 40분에 나가네 잉. 9시 40분! 알았제?"

이렇게 단단히 못을 박아 두어야 뒤탈이 없다. 이러고 나
면 길심 씨는 느긋하게 빨래를 주무르고, 마당을 돌아다니며
여기저기를 손질한다. 내가 설거지를 끝내고 준비를 할 때도
어머니는 미리 집을 나가 고샅길 끝에 있는 차 옆에 앉아 소
나무를 바라보며 나를 기다리고 있다. 하지만 정한 시간이 되

지 않았기에 입 밖으로 재촉의 말은 꺼내지 않는다.

지난여름 시골살이 초반에는 외출할 때면 부모님과 나는 옥신각신 소리를 높였다. 어디를 가든 마을 밖으로 나가려면 내 차가 움직여야 하기 때문이다. 부모님은 계속 얼른 가자고 재촉하고 나는 조금 있다 가도 된다며 늑장을 부렸다. 그러다가 정확하게 시간을 정해 알려드린 이후부터는 불협화음이 줄었다.

부모는 늘 한없이 기다리는 존재다. 나도 서울에서는 아이들이랑 같이 외출할 때면 내가 기다린다. 남편은 더 빨리 준비하고 기다린다. 그러나 우습게도 여기서는 부모님이 늘 나를 기다린다. 아무리 나이를 먹어도 자식은 자식이고 부모는 부모다. 시골살이 하면서 가끔 깜짝 놀란다. 내 나이가 얼마인데 부모님 앞에서는 나이도 잊고 자식이 된다. 아침에도 내가 늦게 일어나면 두 분은 나를 기다린다. 내가 서울에서 아이들을 기다리듯.

부모는 자식이 태어나 옹알이를 하면 뒤집기를, 뒤집기를 하면 기어 다니기를, 또 서기를, 또 걸어 다니기를 기다린다. 아기 때는 자연스럽게 때가 되기를 소리 없이 기다리지만 커 가면서는 욕심을 가지고 기다린다. 욕심이 들어간 기다림은 바람으로 변해서 자식을 힘들게도 한다.

어제는 구림마을에 있는 '월요 카페'에서 글을 썼다. 내가 딱 좋아하는 스타일의 카페였다. 밭 가운데 홀로 서 있는 한옥 카페로 음료 맛도 좋고, 분위기도 깔끔하고, 정원의 푸른 잔디도 감나무도 눈부시게 아름다웠다. 엊그제 다녀간 친구들과 이 카페에 같이 못 간 것이 못내 아쉬울 만큼 훌륭했다. 마음 편히 글을 쓰다 보니 이내 땅거미가 내려앉았다. 서둘러 집으로 돌아와 고샅길에 차를 주차하는데 휴대폰 벨이 울렸다. 길심 씨였다.

　　방에 들어서니 성수 씨가 한 걱정을 하며 기다렸다고 길심 씨가 아버지를 놀린다. 부모는 어쩌면 자나 깨나 자식을 기다리는 존재다. 지난여름 길심 씨 팔순 기념으로 흑산도에 여행 갔을 때도 아침 일찍 일어난 부모님은 딸과 사위들이 일어나길 기다리고, 우리는 또 우리 아이들이 일어나길 기다렸다.

　　부모는 젊어서도 늙어서도 한없이 자식을 기다리고 또 기다리는 존재다. 오늘 밤에도 길심 씨는 자다 깨서는 휴대폰에 빠져 있는 딸이 얼른 잠자리에 들기를 또 기다린다.

다 이름이 있다

누구나, 무엇이나 저마다 제 이름을 가지고 있다. 모두 이름이 있거늘, 하물며 너른 들판에 이름이 없겠는가. 이곳 호동마을 들녘에도 이름이 있고 그 이름이 마을 사람들의 입을 통해 오르내린다. 시골 생활에 점점 젖어가면서 어릴 적 듣고는 까맣게 잊어버린 들판 이름이 다시금 새롭게 들린다.

이른 아침, 운동 겸 자전거를 타고 온 동네, 온 들판을 한 바퀴 돌고 온 성수 씨는, 굽은 허리 때문에 멀리 가지 못하는 길심 씨를 위해 들판 상황을 소상히 보고한다. 가만히 듣고 있자니 온 들판 이름이 다 나온다.

"등가래 우리 논에 나락이 점점 더 쓰러지고 있데."

"범굴샘 ○○네 논은 나락이 깨끗하게 잘 되얏드만."

"나들이, 삿갓등, 갓골, 어리등을 지나 무내미 우리 논까지 빼앵 돌아왔구만."

"무내미 우리 논은 오늘 나락을 빌라는가, 갓을 다 둘러 놨등만."

등가래는 마을에서 가장 가까운 들판이다. 동네 초입에 자리한 길심 씨네서는 더 가까워 그야말로 문전옥답인 셈이다. 길심 씨네는 무내미에도 논이 있지만 거기는 멀어서 연로하신 부모님 대신 다른 분이 농사를 짓는다. 들판 이름인 등가래의 유래는 정확히 아는 바가 없다. 어학사전에서 찾아보면 '소 따위의 길게 늘어진 등뼈 부분'으로 나온다. 그간 몇 번의 농지정리를 통해 논 모양이 바둑판처럼 반듯반듯해졌지만 그 옛날엔 다랑이 논이 지금보다 높았고, 소 등뼈처럼 생겼었다고 길심 씨가 말한다.

범굴샘은 등가래 위쪽에 자리한 들판이며 호동 저수지 바로 아래에 있다. 앞에서 말했듯 예전에는 호랑이가 나오는 샘이 있었다고 해서 범굴샘으로 불린다. 이것도 입으로 전해져 오는 이야기다. 어렸을 적 들은 입말들은 나중에 알고 보면 어이없이 내가 잘못 알고 있는 경우가 더러 있다. 요전 날 차를 타고 지나가면서 아랫마을의 마을 표지석을 보았다. 초등학교 시절 '나간촌'으로 알던 마을은 '낙안마을'로 표지석에 새겨져 있었다. 깜짝 놀라 혼자 웃음을 짓고 말았다. 그때는 한자를 몰랐고 소리 나는 대로 들었던 모양이다. 그걸 글로

쓸 일은 더더욱 없었으니 말이다

삿갓등, 갓골, 어리등 들판은 버스가 다니는 찻길 건너 아래에 있다. 어리등은 우리 마을에서 가장 멀리 있는 들판이다. 너무 멀어서 논에 다니기 힘든 어르신들은 노인 전동차를 이용하기도 한단다. 어리등이라는 이름도 내가 소리 나는 대로 듣고 쓰고 있는지도 모른다. 하지만 동네 어르신들도 입으로만 전해져 내려오는 말이라 정확히 알 수는 없는 노릇이다. 이마저도 우리 아버지 어머니 세대의 전유물로 끝나 버리지 않을까 아쉬움이 생긴다.

오늘 아침에도 등가래 들판을 한 바퀴 돌아 산책을 다녀왔다. 하루가 다르게 들녘의 색깔이 누렇게 물들어 가고 있다. 농로 한쪽에 무리지어 서 있는 키 큰 억새는 새초롬한 옛날 새색시처럼 몸을 꼬고 바람에 흔들리고 있다. 성수 씨가 벌써 눈독을 들이고 있다. 베어다가 빗자루를 만들 모양이다. 모쪼록 들판도 제 이름을 잘 간직하고 많이많이 불렸으면 좋겠다. 내일 아침에는 등가래를 지나 범굴샘까지 산책을 다녀와야겠다.

천고아비(天高我肥)의 계절

바쁜 가을, 농촌에는 지금이 반짝 농한기다. 참깨도 다 털었고, 고추도 다 따서 잘 말려 빻았다. 녹두는 따서 잘 말려 바쉈다. 이른 들깨도 다 털었다. 씨를 뿌려 잘 키운 모종을 옮겨 심은 무도, 배추도 잘 자라고 있다. 거둬들이는 시기다. 태풍에 떨어진 대추는 못생긴 대로 잘 말려 놓았고, 토실토실 알밤은 주워와 냉장고에 보관했다. 무화과는 새들이 먼저 다 쪼아 먹기 전, 잘 익었을 때 얼른 따야 한다. 길심 씨가 심고 가꾸었지만 자연과 함께 한 일이니 얼마쯤은 새들에게도 내주어야 한다. 하나, 둘 가을이 잘 갈무리되어 가고 있다.

여름에는 해도 해도 줄지 않을 것 같던 일이 점점 줄고 있다. 먹을 건 많고 이렇게 빈둥거리다간 천고마비의 계절에 말 띠인 내가 시골에서 살이 쪄서 서울에 올라갈 판이다. 이제 길심 씨네서는 벼 베기가 가장 큰일로 남아 있는데, 이것도 농협에 맡겼으니 기다리기만 하면 된다. 10월 10일쯤 농협에서 벼 베기 날짜를 알려 주면 바로 전에 논 귀퉁이 부분의 벼만 베어 놓으면 된다. 콤바인이 모서리를 돌아야 하니 사람의 손이 필요한 것이다. 벼를 베면서 타작이 된 나락은 바로 농협에서 실어 가고 건조하여 수매하게 된다.

가을이 아직 들지 않은 길심 씨네는 매일 맛있는 걸 사다 먹고 해 먹는다. 어제는 인근의 목포 청호시장에서 전어회 한 접시와 간재미 4마리를 사 왔다. 전어회도 간재미도 성수 씨가 좋아하는 음식이다. 집에 도착하자마자 길심 씨는 텃밭에서 깻잎을 따고 나는 부추를 뜯었다. 길심 씨네서 먹는 전어회는 특별하다. 깻잎 두어 장을 겹치고 거기에 부추도 한두 뿌리 걸쳐 밥을 올린다. 그 위에 전어회를, 그리고 된장, 고추, 마늘, 양파를 넣어 잘 여며 먹는다. 자연에서 그대로 자란 깻잎, 부추 향이 먼저 쓰윽 올라오고 거기에 통째로 도톰하게 썬 전어 씹는 맛까지 제대로다. 깻잎 보쌈 안의 모든 맛이 조화롭다. 이 맛에 진짜 집 나간 며느리도 돌아오겠다.

삼겹살 쌈에도 전어회 쌈에도 늘 밥이 들어가야 맛있다고 길심 씨는 강조한다. 아니 강요한다. 입맛은 길들이기 나름이지만 먹어 보면 알게 된다. 나도 길심 씨 입맛에 길들여져 있다. 무엇보다 자연스레 끼니까지 이을 수 있어 좋다. 특별히 좋아하는 음식이 있다는 것은 좋은 일이다. 그 음식을 보거나 먹을 때 그 사람을 떠올릴 수 있기 때문이다.

저녁에는 호박죽을 쑤어 먹었다. 아궁이에 불을 때서 커다란 솥에 끓였다. 나는 불을 때고 길심 씨는 미리 삶아 놓은 동부를 넣어 삶은 호박을 으깨고, 빻아 놓은 쌀가루를 멍울멍울 굴려서 작은 새알을 만들어 넣었다. 깨를 털고 난 참깨 대를 아궁이에 밀어 넣어 자글자글 끓였다. 소금 간을 하고 설탕도 넣었다. 뜨거울 때 땀을 푹 내며 먹어도 맛있고, 식혔다가 차갑게 먹어도 맛있다.

내일은 간재미회무침이 기다리고 있다. 입이 호사를 누리니 내 몸은 하늘 높은 줄은 모르고 땅 넓은 줄만 안다. 먹거리가 풍성한 가을에 말이 아니고 내가 살찐다. 시골에서의 가을은 내게 천고아비(天高我肥)의 계절이다.

시골 노인 성수 씨의 루틴

시골 노인 성수 씨에게는 몇 가지 습관이 있다. 무슨 일이 있어도 같은 시간에 자고 같은 시간에 일어나는 것은 물론이요, 같은 시간에 삼시 세끼를 먹어야 한다. 틀에 박힌 일상은 무슨 일이 있어도 절대 바꾸려 하지 않는다. 누군가로 인해 일상이 깨지면 참지 못한다. 화를 내고 그렇게 할 수 있도록 요구한다. 같이 사는 사람, 길심 씨는 무척이나 피곤하다. 밤에 드라마도 제대로 보지 못한다. 밤 9시가 되기 전에 자야 한다고 불을 꺼버리기 때문이다.

아버지는 새벽 4~5시경이면 일어난다. 그 시간에 TV도 같이 일어난다. 여름과 겨울, 해 뜨는 시간에 따라 한 시간 정도 달라지기도 하지만 그 일상에는 변함이 없다. 일어나 한 시간 정도 TV를 시청한 다음 자전거를 타고 나간다. 이 시간만큼은 아버지에겐 노동이 아니라 운동의 시간이 된다. 이것이 성수 씨의 아침 루틴이다.

성수 씨는 우리 마을, 옆 마을, 아랫마을 들녘을 한 바퀴 돌고 때로는 동네 뒤로 나 있는 월출산 기친밋길을 돈다. 자전거를 타다가 언덕길이 나오면 끌고, 그렇게 타고 끌고를 반복한다. 나갈 때 나름 복장도 정비한다. 따로 운동복이 있는 건 아니지만 목장갑을 끼고 바짓단은 양말 단에 야무지게 찔러 넣는다. 그리고 모자를 착용한다. 새 신발은 아끼고 딸, 사위, 손주들이 시골에 오면 신으려고 가져다 둔 낡은 운동화나 등산화를 신는다. 성수 씨는 한 시간 반가량 운동을 끝내고 거의 정확한 시간에 집으로 돌아온다. 시계 없이도 그리 시간을 맞추는 게 신기하다.

오후 해 질 무렵에도 성수 씨의 자전거는 어김없이 또 밖으로 나간다. 일몰 루틴이다. 집으로 돌아올 때 자전거 뒷좌석에는 기다란 나뭇가지나 공사장에서 버려진 나무토막이 실려 있다. 길심 씨네는 새 집을 지으면서 구들장도 놓고 기름보일러도 놓았다. 이것이 잘못된 선택이었을까? 기름값 나가는 것이 아까워 거의 늦가을부터 불을 땐다. 예전 같지 않게 땔감이 지천이라지만 늘 땔감 생각에서 놓여나지 못하는 것이 안타깝다. 하지만 운동이라고 친다면 꼭 그리 나쁜 일만도 아니다. 여기저기 장작이 쌓여 있어 집안 꼴이 말이 아니긴 하지만. 길심 씨네는 성수 씨 덕분에 한 일 년은 너끈히 땔 장작이 쌓여 있다.

　운동 갔다가 늘 땔감을 자전거에 싣고 돌아오는 것도 루틴이라면 루틴이다. 나는 서울에서 아침에 일어나 매일 종이 신문을 보는 것을 아침 루틴으로 만들려 했지만 쉽지 않았다. 늦게 일어나면 신문을 펼치지도 못하고 출근했더랬다. 나를 위해 매일 똑같은 시간에 똑같은 일을 한다는 것은 쉽지 않다. 글을 쓰는 시간도 들쭉날쭉하다. 좋은 루틴을 가지고 있는 사람은 존경스럽다. 아버지의 하루 두 번, 노동이 아닌 운동이 좋은 루틴이다. 성수 씨의 딸이니 그 DNA로 좋은 루틴을 만들어 보리라! 아자!

무슨 농사든 농사는 다 힘들어

"저어기 사프쟁이(들판이름, 어원을 알 수 없어 들리는 대로 썼다.), ○○네 논은 나락을 다 비었드만. 우리 것 모냥 다 쓰러졌는디 벌써 다 비었드랑께. 우리도 빨리 비어야 쓰겄어."

아침 운동을 다녀온 성수 씨가 야단이다. 태풍에 쓰러진 벼가 점점 더 쓰러지더니 이젠 아예 논바닥에 배를 깔았단다. 비가 오면 큰일이라며 빨리 벼를 베야 한다고 조바심을 낸다. 벼가 쓰러진 누구네 논은 벌써 다 베었다고 우리도 빨리 농협에 연락해서 베어버리자고 길심 씨를 닦달한다.

농작업을 대행하는 농협에 맡겼으니 모판에 볍씨 뿌려 모심어 주고, 드론으로 농약 쳐주고, 콤바인으로 다 베어 주지만 물꼬를 보고 논둑에 돋아난 풀을 베는 것은 논 주인의 몫이다. 아버지는 지난여름 내내 논둑의 풀을 베고 하루에도 몇 번씩 논에 다녀왔다. 흡사 보고 싶은 님이라도 만나러 가는 양이었다. 님이라도 그리 자주 보러 가지는 못 할 것이다. 길심 씨 말을 빌리자면 논에 벼가 몇 포기가 되는지도 셀 수 있을 정도다.

농작물 수확은 기후에 따라 달라지기도 하지만, 주인의 발소리를 듣고 자란다는 말이 괜히 나온 말이 아니다. 예전에 비해 관개시설이 잘 되어 있어 영산강 수로가 지나니 물 걱정은 안 하지만, 비가 너무 많이 와도 너무 안 와도 병충해 때문에 걱정이다. 태풍이 오면 쓰러질까 밤새 바람 소리에 귀 기울인다. 논에 물꼬도 막았다 열었다, 뺄 때 댈 때를 잘 맞추어야 한다. 벼가 너무 잘 자라면 태풍에 쓰러지기 십상이고 너무 안 크면 수확이 적을 수도 있다. 때를 알고 그 시기를 잘 맞추는 일은 어렵다. 60여 년 경력의 농사꾼도 자연 앞에서는 어쩔 수 없을 때가 많다.

쌀을 뜻하는 쌀 미(米) 자는 풀어서 88(八十八) 자로, 봄에 뿌린 볍씨를 가을에 수확할 때까지 농부의 손길이 여든여덟 번 필요하다는 뜻이란다. 지금은 기계화도 되고 농작업 대행사에 맡겨서 벼농사를 짓는다지만 성수 씨의 발길, 손길, 눈길은 여든여덟 번이 아니라 수백 번도 넘을 것이다. 농부의 손길뿐만 아니라 정성 어린 관심과 마음이 더 중요하다.

점점 바닥으로 쓰러지는 벼를 보고 올 때마다 하루에도

몇 번씩 성수 씨는 혼잣말로 혀를 끌끌 차고 애를 태웠다. 그런데 드디어 이제 며칠 후면 콤바인이 우리 논에 들어간다. 두 노인이 농협에 전화 한번 걸기도 벅차다. 전화번호 찾느라 옥신각신이다. 내가 나서서 번호를 찾아 전화를 했다. 벼가 많이 쓰러졌다고 여차 저차 설명하니 차례대로 하기는 하지만 날짜를 맞추어 보겠다고 두루뭉술 대답한다. 아버지는 전화를 했다는 그 자체만으로도 안심이 되는 모양이다. 오늘만 해도 논농사에 손길, 발길뿐만 아니라 몇 번의 애타는 마음길이 갔다.

성수 씨는 주로 논농사, 길심 씨는 밭농사, 나는 글농사를 짓고 있다는 생각이 문득 스친다. 짧은 경력의 글 농사꾼은 마음만 바쁘다. 농사가 어디 하루아침에 되던가. 글농사도 마찬가지일 것이다. 써놓고도 논에 피 뽑듯이 마음에 안 드는 글이나 비문은 뽑아내고, 기계로 모를 심어도 빠진 곳을 찾아내어 손으로 때우듯이 나도 글이 빠진 곳을 찾아 그 자리에 다른 글을 찾아 메운다. 글은 쓰고 나서 마음에 안 들면 지울 수나 있지, 한 해 논밭 농사는 마음에 안 든다고 엎고 다시 지을 수 없다. 그리 보니 힘들기가 부모님의 농사보다 내 글농사 짓기가 더 쉬우려나? 아무튼 농사는 다 힘들다. 자식농사도.

그러니까 부모다

논둑에서 고구마 줄기를 따다가 갈치조림을 해서 이른 저녁을 먹었다.

"딸이 밥해 주니 좋다. 딸 가 불면 으짜끄나."

길심 씨의 이 말이 참 좋다. 내가 시골에 머무는 이유가 되니까. 나는 설거지를 하고, 길심 씨는 편안하게 TV를 본다. 여유 있어 보이는 모습이 보기 좋다. 설거지를 마치고 밖을 내다보니 아직 어둠이 내려앉기 전이다.

쫓기듯 얼른 저녁 산책에 나섰다. 어둠이 덮쳐 오면 혼자서 걷는 길이 무섭기 때문이다. 마당을 나와 고샅길에 서서 고개를 돌려 이리 보고 저리 봐도 시골 저녁 풍경은 역시 아름답다. 저 멀리 마을 뒤로 보이는 월출산 자락은 점점 검은 선을 드러내고 있다. 소나무도 한낮엔 다 드러난 모습이 부끄러웠는지 검은 실루엣을 과감하게 드러내고 있다.

동네로 올라가는 길 왼쪽에 서 있는 가로등에 불이 들어온다. 동네로 가지 않고 등가래 들녘으로 길을 잡았다. 가을 들판은 황금색으로 출렁이고 있어 아직 산보다 밝다. 들녘을 가운데 두고 한쪽은 월출산이 병풍처럼 서 있고 다른 한쪽은 저무는 회색빛 노을이 월출산과 대치하듯 서 있다. 노을은 금세 어둠에 묻힐 것이고 산은 깊은 고요에 빠질 것이다.

어느새 논 한 배미가 비었다. 콤바인이 다녀갔나 보다. 논바닥은 푹신한 짚 이불을 덮고 있다. 다음 주가 지나면 금세 들녘은 비고 또 내년을 기약할 것이다. '봄 일은 늘어나고 가을일은 줄어든단다.' 하던 길심 씨의 말이 떠오른다. 논에도 밭에도 해야 할 일이 점점 줄어들고 있다. 이렇게 들판이 걸친 옷을 벗고 나면 겨울이 오고 또 한 해가 갈 것이다.

들판 끝까지 가지 못하고 돌아섰다. 가로등이 없는 들판은 나더러 얼른 돌아가라 한다. 문득 누런 큰 어미 소에게 풀을 뜯기며 고삐를 잡고 돌아오던 어린 날의 내가 떠오른다. 지금도 풀이 수북이 자라는 곳을 보면 여기서 소 풀을 베면 좋겠다는 생각이 절로 들곤 한다. 그때는 소 풀도 많지 않아서 이리저리 찾아다녔었다.

들판을 돌아 나와 동네로 이어지는 작은 다리를 지나 마을 안길로 걸음을 옮겼다. 동네 안쪽 골목까지 가다가 혹시 누구라도 만나 나만의 시간이 깨질까 봐 돌아섰다. 다시 집으로 가는 길, 고샅길을 지나쳐 마을 입구 버스 정류장 쪽으로 갔다. 그렇게 왔다 갔다 가을 저녁을 마음껏 들이켰다. 집으로 돌아오니 마당가에 앉은 길심 씨가 새롭게 돋아나는 별을 하나 둘 세고 있다.

"아야, 오늘은 별이 많이 안 보인다 잉."

무심한 척하지만, 나이 먹은 딸을 기다리고 있었던 것이다. 그러니까 부모다.

도깨비장에 가다

"아이고, 오늘은 구림장날이니께, 장도 보고 물리치료도 하러 갈란다. 으째 엉바지(엉덩이)가 아프다."

길심 씨가 아침밥을 얼른 먹자고 서두르더니 병원에 가자고 한다. 어머니 단골 물리치료 병원은 집에서 4km 정도 떨어진 군서면 소재지인 구림에 있다. 물리치료가 끝나고 장을 보려는 것이다. 군서 오일장은 구림에서 열려 구림장이라고도 하는데 2일, 7일에 열린다. 진료비 1,700원을 내면 2시간 가량 팔, 다리, 어깨, 허리 등 전신 물리치료를 해 준단다. 길심 씨 말을 빌리자면 일명 '다림질'이다.

"거그가 다림질을 자알 한당께. 그랑께 자주 가제."

그 군서의원에서 나도 코로나 예방백신 2차 접종을 했다. 추석 연휴가 끝나고 2주 시골살이를 계획하면서 백신 접종 장소를 서울에서 이곳으로 변경한 것이다. 원장님께서 친절하게 예후에 대해 설명을 너무 잘해 주셔서 살짝 겁을 먹었다. 다행히 별 이상 없이 지나갔다.

아침을 먹자마자 병원에 모셔다드리고 집으로 돌아와 치료가 끝나길 기다렸다. 두 시간 가량 지나 전화 호출을 받고 다시 구림장터로 갔다. 길심 씨가 장터에 앉아 상인들과 이야기를 나누고 있다. 군서장에서는 살 것이 별로 없다는 길심 씨 말처럼 장이 썰렁하다. 대형마트가 생기고 농촌 인구 감소와 고령화, 차량 증가로 군서 오일장은 겨우 명맥만 유지하고 있다. 상점은 거의 문을 닫았고 몇몇 노점상만 나와 있다.

장에서 어머니는 조기와 바지락을 샀다. 양동이에 잘 기른 녹두나물(숙주나물)도 샀다. 장날이라고 성수 씨도 따라 나왔지만 장 주변만 맴돌다가 다시 차에 올랐다. 집으로 돌아가는 차에 오르자마자 길심 씨가 말한다.

"봤지야 잉. 구림장은 사람이 없당께. 이랑께 도깨비장이라 하제. 이제는 그릇 장시도 안 나오고, 닭 장시도 안 나오고, 다 없어져 부렀어야."

시골 장에 사람이 없어져 썰렁해서 도깨비장이라 부른다니…. 도시에서의 도깨비장과는 그 의미가 다른 듯하다. 장이 작아져 가는 것이 아쉬운 길심 씨가 군서 오일장이 태어난 유래를 설명한다.

"너 낳던 해에 군서장이 생겼어야. 장이 생겼을 때 옷 사다 입히면 좋다고 해서 그때 니 옷도 사다 입혔다 잉. 부모는 자식한테 좋다고 하면 뭐든지 다 하고 싶응께."

내 나이와 같다고 하니 갑자기 애정이 솟아난다. 반백 년 하고도 벌써 몇 년이 더 지났다. 길다고 하면 길고, 짧다고 하면 짧은 기간이다. 우리 고장 사람들의 희로애락이 깃든 장소였을 거라 생각하니 시골 오일장에 대해 다시금 여러 생각이 지나간다. 어린 시절 장날이 되기를 기다렸다. 먹을 것도 사오고 옷도 사와서 장날은 늘 명절 같았다.

길심 씨는 예전에는 영암읍의 영암장, 독천면의 독천장을 보기도 했지만 가장 가까운 군서면의 군서장에 많이 다녔다. 이제는 달력을 보며 영암장, 독천장을 챙긴다. 시골 사람들은 5일을 기다려 물건을 사고, 여분의 생산물을 내다 팔고, 교환하고, 어쩌다는 자연스레 친정어머니를, 언니를 오일장에서 만났다. 오일장은 물건의 거래와 교환뿐만 아니라 친인척 만남의 장소기도 했던 것이다.

하지만 지금은 오일장의 상점 문이 거의 닫혀 있어 물건은 마트에서 사고 생선 등 해산물만 겨우 오일장에서 산다. 외할머니는 이미 오래전에 돌아가셨고 나의 이모인 길심 씨의 언니도 진작에 자식 따라 서울로 이사를 갔다. 이제는 장에서 누구를 만나게 될까 하는 설렘도 사라졌다. 씨름판, 윷놀이판도 벌어지고 발 디딜 틈 없이 잔칫날 같았던 시끌벅적한 예전의 장날이 그리워진다.

어따, 성수씨 이제 속 씨연하것다

새벽같이 논에 다녀온 성수 씨는 애가 닳는다.

"에이고 차암…, 오늘 나락 빌란가 모르것네. 비가 그쳐야 쓰것는디."

"그랑께라우. 나도 지내간 밤에 자다 깨서 나가 본께 별이 총총해서 비가 올지는 몰랐는디. 하느님이 하는 일인디 으짜것이요."

새벽 어둠이 가시기 전 노부부는 TV를 크게 켜 놓고 일기예보를 기다리며 근심 섞인 목소리로 도란도란 이야기를 나눈다.

2층 다락방에서 비가 온 줄도 모르고 자고 있던 딸이 잠을 깨서 두 노부부의 이야기에 귀를 기울이고 있다

"오늘 아침에는 또 호박죽을 쑬게라 잉?"

"그래에. 그람 좋제."

"그란디 귀찮으면 밥 먹어."

"당신이 좋아한께 쑬라고라우."

사뭇 두 분의 대화가 정답다. 이 부부에게 천둥 번개 치는 날 많았지만 나이가 깊이 들고 인생의 고개를 같이 넘어서인지 요즘에는 훈풍이 분다. 이제는 서로 천둥 번개 피하는 기술을 터득하신 게다.

길심 씨가 끙끙대며 일어나 마당으로 나간다. 나도 이리 뒹굴 저리 뒹굴 숨죽이고 있다 일어나 나갔다. 늙은 호박과 단호박을 한 통씩 껍질을 벗기고 아궁이에 불을 지펴 호박죽을 쑨다. 장작불을 때다 비땅(부지깽이)을 두들기고 앉아 밖을 보니 비는 벌써 그쳤고 산에서 안개가 내려오더니 마당에도 한가득하다.

"길심 씨, 안개가 자욱한 걸 보니 오늘 햇빛 쨍쨍하것네."

"그라먼 좋것다."

호박죽을 먹고 나서 길심 씨는 내일 제집으로 돌아가는 딸에게 파김치를 담가 주려고 파를 한 바구니 뽑아 온다. 마당에 나란히 앉아 쪽파를 다듬는데 어느새 논에 다녀온 성수 씨가 말한다.

"오늘 우리 논부터 나락 빈다느만. 같이 가 보세. 얼른 오소 잉."

그러고는 자전거를 타고 쌩 나간다.

"아야, 우유에다 더덕 좀 갈아 오니라 잉."

길심씨가 보행기를 밀고 나가며 말한다. 어느새 안개가 걷히고 고운 햇살이 나오고 있다.

나는 길심 씨가 밭에서 캐다 놓은 더덕으로 더덕 라떼를 만들어 새참으로 가져갔다. 요즘에는 콤바인으로 금세 작업이 끝나서 새참도 의미 없어졌지만, 그래도 무엇이라도 대접해야 한단다. 논에는 농작업을 대행하는 농협에서 직원 세 분이 나와 분주하다. 콤바인으로 작업하는 걸 본 지 오래되었다. 그만큼 가을걷이 때 시골에 내려와 본 적이 거의 없었다는 얘기가 되겠다.

오늘은 벼 베는 날, 벼를 수확하는 날이다. 벼를 베면서 바로 탈곡을 하고 그 알곡을 줌 파이프를 통해 바로 곡물적재함 차에 실어 농협으로 간다. 오랜만에 보는 콤바인도, 그 시스템도 진화했다. 시골에서 태어나고 자랐지만 서울 사람이 다 되었나 보다. 이런 변화된 모습을 보니 신기할 뿐이다. 농협에서 농작업을 대행해 주니 기계도 없고 힘도 없는 나이 드신 시골 노인들에게는 안성맞춤인 시스템이 아닌가.

곡물적재함에 벼 품종 이름 '일미'와 아버지의 이름이 쓰여 있다. 우리 논에서 난 벼 알곡을 실은 곡물 적재함 차 뒤를

따라 길심 씨를 내 차에 태우고 농협으로 갔다. 처음으로 가
본 미곡종합처리장(RPC)은 어마어마했다. 벼 알곡은 건조장
으로 들어가고 금세 수분함량과 벼 중량이 전광판에 뜬다. 잠
시 기다리니 직원이 수매정산서를 들고 나와 친절하게 설명
해 준다. 오늘은 시골에서 신문물을 접한 기분이다.

　　집으로 돌아오니 성수 씨가 집안을 정리하고 있다. 길심
씨가 수매정산서를 내밀며 말한다.

　　"어따, 성수 씨 이제 속 씨연하것다."

　　아버지가 빙긋 웃음으로 대답한다.

　　추수하는 날이지만 벼 알곡은 농협으로 갔고 집으로 온
건 수매정산서뿐이다. 예전에 비해 엄청 간단하고 편리해졌
지만 허망한 기분이 드는 것은 왜일까? 집에 벼 한 포대도 들
어오지 않아서일까? 그래도 감사하고 다행한 일이다. 태풍에
쓰러진 벼 때문에 비가 올까 봐 며칠 동안 애 태우며 노심초
사하던 울 아버지 성수 씨가 오늘 밤은 두 다리 쭉 뻗고 주무
실 것 같다.

길심 씨의 벼이삭 줍기 투혼

아침에 일어났더니 여느 날처럼 집이 텅 비어 있다. 텃밭에서 시금치를 뽑아 나물을 만들었다. 바지락 국도 끓였다. 그래도 아직 성수 씨, 길심 씨는 들어오지 않는다.

잠시 후 성수 씨 자전거 멈추는 소리가 들린다.

"아야, 느그 엄마는 이따 온다고 둘이 밥 먹으라 안 하냐. 속이 없제. 내 말을 안 들어. 니가 얼른 자전거 타고 논에 가서 데꼬 온나."

아버지 말씀에 자전거를 타고 쌔앵 등가래(동네 앞 가장 가까운 들판 이름) 논으로 갔다. 콤바인이 다녀간 빈 논에 줄지어 누워 있는 짚에서 올라온 지푸라기 향이 바람을 타고 다가와 내 코를 간질인다. 아침 공기는 쏴아 하고, 월출산 위에 벌써 떠오른 햇살은 눈이 부시다.

길심 씨가 논 귀퉁이에 앉아 벼 이삭을 주워 손으로 검은 비닐봉지에 알곡을 훑고 있다.

"엄마, 얼른 가세. 아버지가 엄마 안 오면 밥 안 먹는다고 하대."

"그래. 가자!"

엄마가 순순히 대답한다. 하하, 우리 길심 씨가 딸이 모시러 오길 기다리고 있었나? 아니, 아버지의 기다림에 마음이 움직였나?

셋이서 한 아침식사가 끝나면 나는 이제 서울로 간다. 길심 씨가 말한다.

"아따, 인자 딸내미 가버리면 으짜쓰까 잉. 딸이 밥해 준께 좋았는디."

"느그 엄마는 느그들한테는 왜 그렇게 잘 한다냐. 봐라! 돈 모태서(모아서) 느그들 줄라고 죽을 둥 살 둥 밥도 안 먹고 일 할라고 안 하냐? 맨 딸들밖에 몰라. 어릴 때부터 느그들한 테 욕 한 자리 안 하고 키웠제."

아버지가 엄마를 추켜세운다. 맞는 말이다. 우리들이 특별히 속을 썩인 적은 없지만 어디 자식 키우기가 쉬운 일인가. 시골에서 자식을 많이 둔 집에서는 어쩌다 육두문자도 날아다니고 큰 소리가 담장을 넘기도 했지만, 길심 씨는 우리들에게만큼은 큰소리를 낸 적이 거의 없다. 우리 길심 씨는 남

편, 딸들밖에 모르는 사람이다. 이들을 위해서라면 몸이 바스러져도 아끼지 않는다. 나도 엄마지만 길심 씨처럼은 절대로 하지 못한다.

아침 식사를 끝내고 길심 씨는 논에서 주워 온 벼 이삭 알곡 쭉정이를 바구니로 까불러 날려 버리고 햇볕에 널어 말린다.

"이놈 쬤었으면 한 이틀은 밥 먹것다."

어머니는 한시도 쉬지 않고 밭에서, 논에서, 마당에서, 수돗가에서 고물고물 계속 몸을 움직인다. 그 힘은 어디서 나오는 걸까? 그 힘은 바로 자식을 위한 마음이다. 길심 씨와 같이 지낼수록 그녀의 마력에 빠진다. 아낄 건 엄청 아끼지만 쓸때는 통 크게 쓰고, 걱정은 미리 당겨 하지 않는다. 하지만 총기가 좋아서 어느 것 하나도 잊어버리지 않고 모든 걸 기억해 수다 삼매경에 자주 빠진다. 그럴 때면 나는 건성으로 대답만 한다.

나락(벼)을 볕에 널어놓고 어제 담근 파김치, 무김치와 생강청, 대추청, 된장, 냉동생선, 참기름, 볶은 참깨 등을 꺼내 놓는다. 나는 어머니의 사랑을 차에 싣는다. 길심 씨의 자식사랑은 끝이 없다.

이십여 일의 시골살이를 끝내고 집으로 돌아가는 길, 마음이 또 아리다. 그래도 여름 때보다는 덜하다. 성수 씨의 아침운동, 길심 씨의 마을회관 나들이, 하루에 두 번 화투놀이 등 멋진 일상을 확실하게 알았기 때문이다. 마음이 놓인다.

잠깐 시골살이를 한지 엊그제 같은데 금세 일 년이 지났다. 시간이 쏜 화살처럼 휙 지나가고 다시 시골에 왔다. 시골집 사립문 밖 밭에는 작년처럼 이름 모를 붉은 꽃이 덮여 있다. 소나무 그늘 아래 햇볕이 잘 들지 않는 곳에 키 작은 꽃을 심어 놓은 것이다. 길심 씨는 손바닥만 한 땅도, 자투리 시간도 허투루 쓰는 법이 없다. 가끔 목소리가 커서 사나워 보일 때도 있지만 그녀가 가진 소녀 감성이 꽃으로 보인다. 이렇게 그녀의 마음이 보일 때 나는 행복해진다.

나이 먹어 부모님과 마음으로, 몸으로 함께한 시간이 여행이 되었다. 그 여정에 하나씩 써 놓은 글이 책이 되어 나온다고 생각하니 가슴이 떨린다. 편집자에게 원고를 보낼 때도, 편집 디자이너에게 원고를 보냈다고 했을 때도, 교정교열가에게 보냈다는 메일을 전달받았을 때도 내 글이 어떻게 읽힐지 걱정이 한 보따리였다. 이런 내 마음을 꺼내 놓으니 동생은 얼마나 괜찮은지 더 얘기해 줘야 알겠냐며 핀잔을 주었다. 이제는 안다, 〈꽃샘바람에 흔들린다면 너는 꽃〉이라는 류시화 시인의 시처럼 흔들림과 떨림이 또 하나의 결실로 다가온다는 사실을.

책이 나오면 가장 먼저 길심 씨에게 달려갈 것이다. 지금 길심 씨는 책이 나오고 있다는 사실을 모른다. 책을 보면 어떤 반응을 보일지 사뭇 궁금해진다. 내 인생에 책을 내게 된 것 또한 길심 씨 덕분이다. 따지고 보면 내가 살아온 날들 모두가 우리 길심 씨 덕이 아닌 것이 있을까. 글을 쓰고, 책을 내는 동안 나는 길심 씨에게로 어렸을 적부터 지금까지 긴 여행을 다녀온 것만 같다. 그 여행 끝에 책이 남았다. 이제 이 여행이 끝난 곳에서 또 다른 여행이 시작될 것이다.

길심 씨의 인생 여행

1판 1쇄 펴낸날 2022년 11월 02일
1판 2쇄 펴낸날 2023년 03월 03일

지은이 전난희
편집인 전윤희
디자인 올콘텐츠그룹
교정교열 정인숙
마케팅 한유진
인쇄 올인비앤비

펴낸이 전윤희
펴낸곳 메종인디아 트래블앤북스
서울시 서초구 방배로23길 31-43 1층
전화 02-6257-1045
이메일 welcome@maison-india.net
페이스북 메종인디아 트래블앤북스
인스타그램 maison_india1
블로그 blog.naver.com/travelcampus
홈페이지 www.maisonindia.co.kr
출판등록 2017년 5월 18일 제2017-000100호

메종인디아
여행에서 솟아나는 샘물 같은 이야기와 여행지의 고유한 가치가 담긴
문화유산을 가꾸는 책을 만듭니다.